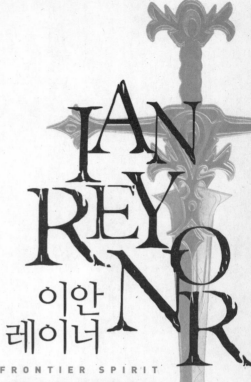

IAN REYNOR

이안
레이너

FANTASY FRONTIER SPIRIT

이휘 판타지 장편 소설

이안 레이너 4

이휘 판타지 장편 소설

초판 1쇄 찍은 날 § 2014년 4월 8일
초판 1쇄 펴낸 날 § 2014년 4월 15일

지은이 § 이휘
펴낸이 § 서경석

편집부장 § 권태완
편집책임 § 이효남

펴낸곳 § 도서출판 청어람
등록번호 § 제387-1999-000006호
등록일자 § 1999. 5. 31
어람번호 § 제1-1828호

주소 § 경기도 부천시 원미구 부일로 483번길 40 서경B/D 3F (우) 420-822
전화 § 032-656-4452 팩스 § 032-656-4453
http://www.chungeoram.com
E-mail § chungeorambook@daum.net

ⓒ 이휘, 2014

ISBN 979-11-5681-971-4 04810
ISBN 978-89-251-3719-3 (세트)

FANTASY FRONTIER SPIRIT

이휘 판타지 장편 소설

IAN REYNOR

이안
레이너

4

도서출판
청어람

IAN REYONR

이안
레이너

CONTENTS

제 1 장 끼어들지 마십쇼! | 7

제 2 장 피할 테면 피해봐! | 35

제 3 장 아군? 날려 버려! | 61

제 4 장 내 전쟁은 여기까지야 | 89

제 5 장 본격적으로 개발해 보자고 | 117

제 6 장 먼저 줍는 놈이 임자다 | 143

제 7 장 살고 싶으면 내 영지로 와 | 169

제 8 장 그 조건을 받아들이지 | 197

제 9 장 다들 내 영지로 가자고 | 225

제 10 장 할 일이 왜 이리 많냐 | 251

제 11 장 마스터? 까짓것 베어주마! | 277

1장

깨어나지 마십시오!

　기병 7사단이 달려오는 모습은 장관을 연출했다. 만여 필에 달하는 전마가 일제히 내달리며 내는 말발굽 소리가 천지를 진동시켰고 거세게 일어나는 흙먼지는 마치 죽음을 몰고 오는 것 같은 착각마저 불러일으킬 정도였다.

　'대단하군. 기간트가 없었다면 최강의 부대라 불렸어도 손색이 없을 정도야.'

　기간트가 없는 싸움에서라면 기병은 최강의 전력으로 꼽혔을 것이다. 하지만 이제는 전투를 좌우하는 것은 기간트가 되어버렸고 그것을 잡는 것이 대 기간트 병기인 마동포였다.

'물론 마동포대가 기병과 싸우게 되면 필패하겠지.'

병과의 상성은 상황에 따라서 달라지게 되어 있었다. 기간 트를 앞세운 싸움이라면 기병은 죽기 딱 좋은 전력이지만 지 금처럼 기간트가 없는 병력을 상대로라면 강한 힘을 발휘할 수 있었다.

'후후! 기간트 캐러밴을 이런 식으로 사용하게 될 줄은 몰 랐군.'

생각해 보니 피의 각성을 통해서 알게 된 강한성이라는 이 계 인간의 기억에도 이와 비슷한 것이 있었다. 레일 위를 달 리는 거대한 기차에 마동포와 비슷한 것을 달아서 사용했던 병기였다. 물론 그의 기억이 뚜렷한 것이 아니라 어떤 전과를 올렸는지는 알지 못한다. 하지만 확실하게 아는 것은 하나 있 었다. 그의 기억이 아니라고 해도 기간트 캐러밴을 기마부대 가 공격할 방법이 없다는 거였다.

"장군! 적들이 접근하고 있습니다."

"처음 명령을 내린 대로 준비하라!"

"충!"

소위 계급장을 달고 있는 맥기는 곧 독립여단의 중추적인 역할을 수행하게 할 목적으로 대위까지 진급될 예정이었다. 아직 독립여단의 중간 간부들이 너무 부족하여 그리된 거였 다.

'과연 어떻게 기간트 캐러밴을 공격할까? 기병대로는 한계가 있을 것인데……'

이안은 기병대를 이끄는 기병사단장의 작전이 무엇일지 그것이 궁금했다.

'나라면 어떻게 할까? 기간트 캐러밴을 상대로 싸워야 하는 거라면… 방법이 있을까?'

기간트 캐러밴의 높이는 기간트를 세워서 실어야 할 경우를 대비하여 체고가 15미터에 달했다. 높은 성곽에 준하는 그 높이에 외장은 강철로 감싸놓은 것이라 오러가 아닌 다음에는 파괴하기도 쉽지 않았다.

'방법이라면… 기사들을 동원하여 뛰어 넘는 거 정도일까?'

기사들이라면 말을 박차고 뛰어오를 경우 5미터 정도는 가뿐하게 올라설 수 있었다. 그들을 동원하여 기간트 캐러밴에 올라탄 후 기간트 캐러밴을 빼앗는 작전을 쓴다면 가능할 것도 같았다.

'거기다 마법 스크롤로 바퀴를 부수는 것도 좋은 방법이겠지.'

자신이 공격하는 입장으로 생각을 해보니 몇 가지 방법이 떠올랐다. 획기적인 방법은 아니지만 그 정도면 어느 정도는 가능해 보였다.

'사람은 누구나 똑같다. 내가 생각할 수 있는 거라면 남도 생각할 수 있지.'

지금 달려오는 자들도 그런 방식으로 상대할 거라고 봐야 했다.

"맥기 소위!"

"충!"

"적들이 기간트 캐러밴에 올라타려 할 것이다. 그에 대비한 준비도 갖춰야 한다. 캐러밴의 짐칸 상층부에 궁수들을 배치하고 파이크병도 올려 보내!"

"알겠습니다!"

맥기는 서전트들에게 이안의 명령을 전파하며 적들이 기간트에 올라타는 것에 대비하도록 했다. 기간트가 있어야 할 곳에 병사들이 타고 있어서 금세 짐칸의 강철 벽으로 병사들이 기어 올라가며 적들의 침입에 완벽하게 대응할 수 있도록 준비가 완료되었다.

"모두 충돌 준비!"

이안의 명령에 병사들은 동료들의 팔짱을 끼며 충돌에 대비했다. 물론 기간트 캐러밴에 충격을 줄 수 있을 만한 것은 보이지 않았지만 말이었다.

"캐러밴의 조종석을 노려라! 쏴라!"

기병들로 이루어진 부대라고 해도 전원이 크로스보우를

갖추고 있어서 원거리에서 공격도 가능했다. 그들이 일제히 크로스보우로 앞쪽에 있는 조종석을 노렸다.

"어리석은 놈들!"

이안은 이런 상황을 대비한 것은 아니지만 조종석을 충분히 강화시켜 놓았었다.

"발사하라! 발사!"

투투투투투투투투투퉁!

기병사단의 기병들이 일제히 크로스보우를 쏘아댔다. 한번에 만여 발에 달하는 쿼렐이 날아들자 그 모습만으로 조종석의 병사들이 찔끔할 정도였다.

티캉! 티캉!

조종석의 장갑에 쏟아지는 쿼렐들은 두꺼운 강철 장갑을 뚫지 못하고 여지없이 튕겨 나갔다. 그 모습에 힘을 얻은 조종사들은 더욱 힘을 내며 기간트를 몰아 기마부대를 향해 몰아갔다.

"우회하여 기동하라!"

"이랴! 기간트로 올라간다!"

기마병들은 애초에 들었던 명령대로 쿼렐 발사 후 일제히 기간트로 달려들어 올라서려 했다. 그런 움직임은 마나를 다룰 줄 아는 기사급에 해당하는 자들로 날렵한 몸놀림을 선보이며 말을 박차고 공중으로 도약해 올라갔다.

"적들이 오르지 못하게 화살을 쏴라! 발사!"

"추웅!"

기간트의 짐칸 상층부에 숨어서 대기하던 병사들은 기사들이 뛰어 오르자 명령에 따라 모습을 드러내며 화살을 쏘기 시작했다. 워낙 근거리에서 쏘아대는 것인데다 한손으로는 기간트 캐러밴의 외장부를 잡고 있어야 했기에 피해내는 것이 그리 녹록한 일은 아니었다.

"죽어줄까 보냐!"

"타앗!"

기사들은 화살세례에 꽤 많은 피해를 입어야 했다. 하지만 절반 이상의 기사들이 화살을 피해내며 더 높은 곳으로 도약하여 궁수들이 있는 상층부로 올라설 수 있었다.

"파이크병! 찍어!"

"합! 합!"

파이크병이 기사들에게 파이크로 내려치며 올라서지 못하도록 방해했다. 그러자 또 반수 정도의 기사들이 떨어져 내려야 했다.

"죽여 버리겠다! 으합!"

"죽엇!"

살아남은 기사들은 수십 명에 불과했지만 그들이 만들어 낸 마나소드가 매서운 살기를 담은 채 병사들에게 쏟아져 들어갔다.

"피해라! 캐러밴의 외장을 열어!"

"추웅!"

이안은 막 한 명의 기사를 베어내며 소리 질렀다. 그러자 그의 명령에 따라 궁수들과 파이크병들이 밑으로 뛰어내리고 캐러밴의 외장부가 열렸다.

"헛!

"이, 이게 무슨……."

기사들은 갑작스런 캐러밴의 움직임에 당황했다. 어느새 기마병들은 캐러밴을 지나쳐 뒤로 돌아갔다가 다시 캐러밴의 뒤쪽으로 따라붙는 상황이었다. 그런 상황에서 캐러밴의 외장갑이 열리니 어떤 상황인지 그것을 몰라 당황하는 것이었다.

철컹! 철컹!

캐러밴의 외장갑이 열리자 그 안에 타고 있는 수천 명의 병사가 모습이 드러났다. 바깥쪽은 온통 카이트실드를 들고 있는 방패병들이었고 안쪽은 활을 든 병사들로 이루어져 있었다.

"자유사격을 허락한다. 모두 발사!"

"우와아아아아아!"

"죽여라! 한 놈도 살려두지 마라!"

장교로 올라선 서전트 출신들이 쩌렁쩌렁한 외침을 토하며 병사들을 지휘했다. 이안이라는 좋은 지휘관 아래서 미래를 꿈꿀 수 있게 된 그들은 전보다 더 능동적으로 움직이며 전투에 임했다.

　　"기사들의 말을 노려라!"

　　"추웅!"

　　궁수들은 방패병들의 보호를 받으며 일제히 활시위를 당겼다. 그들이 노리는 것은 뒤를 바짝 따라붙은 기병들의 말이었다. 말도 보호장구를 착용시키지만 중요부위만 가리는 탓에 빈틈은 얼마든지 있었다.

　　쎄엑! 퍼걱!

　　"으… 으아아아!"

　　말이 화살에 맞고 거꾸러지자 고삐를 잡고 달려가던 기병은 그대로 앞으로 튕겨져 날아갔다. 그렇게 낙마한 기병들은 뒤를 이어서 달려오는 말들의 발굽에 여지없이 밟히며 죽어나갔다.

　　"반격! 반격하라!"

　　처음에 크로스보우를 사용한 탓에 장전해 놓은 것이 없는 기병들은 말을 몰아가며 재장전을 시도했다. 하지만 크로스보우라는 것이 엄청난 힘을 요하는 것이기에 쉽게 재장전하지는 못했다.

"장군! 아무래도 안 되겠습니다. 기간트 캐러밴 때문에 아군의 공격이 아무런 효과를 보지 못합니다."

기간트 캐러밴이 열심히 달려가는 방향에 있던 7사단의 사단장이자 헥토르 후작군의 핵심 귀족인 루카스 소장은 굳은 표정을 지우지 못했다.

'기간트 캐러밴을 저런 식으로 사용하다니… 이래서야 기병은 아무런 소용이 없는 것이 되어버리는 것인데.'

기병이 무서운 이유는 말위에 앉은 병사까지 합하여 2미터가 넘는 높은 곳에서 기병창으로 돌진 공격을 가하는 것이다. 위압감에 의해서 보병들은 제대로 된 공격도 해보지 못하고 죽어나가기에 무서운 것이 기병인데 지금의 상황은 정반대로 흘러가고 있었다.

'기간트 캐러밴의 높이가 워낙 높은 데다 느리긴 해도 달려간다는 것이 문제로군.'

기병들이 달려가는 힘을 이용해서 뛰어오른다고 해도 안정된 짐칸에 타고 있는 적병들은 방패를 앞세운 채 대오를 정돈하고 있었다. 가까스로 올라탄 기병들이 그들에 의해서 도륙당하고 있는 상황인 것이 이를 갈리게 만들었다.

"장군! 차라리 후퇴하여 요새에서 싸우는 것이 낫습니다. 아군은 공격다운 공격도 못해보고 당하고 있지 않습니까!"

대령 하나가 피를 토하듯이 외쳤다. 그의 말대로 지금은 기병들의 피해만 가중되고 있는 상황이었고 다른 지휘관들도 그의 심정과 같았다.

"후우… 퇴각 명령을 내려라. 요새로 들어가서 싸운다."

"충!"

속절없이 죽어 나가는 부하들 때문에 안타까워하던 장교들은 일제히 퇴각 나팔을 불라고 지시를 내렸다.

뿌웅! 뿌우웅! 뿌웅!

퇴각을 알리는 나팔소리가 전장에 울려 퍼졌다. 그러자 캐러밴에 탄 병사들에 의해서 죽어나가던 기병들이 일제히 기수를 돌려 캐러밴에서 멀리 떨어졌다.

"와아! 적들이 물러간다!"

"으하하하! 저놈들 꼴 좀 봐라!"

"기병사단 애들도 별 거 아니네."

병사들은 기병사단의 공격에도 아무런 타격도 입지 않은 것에 용기백배했다. 소위 말하는 보병, 즉 땅개들은 기병의 밥이었고 언제나 그들에게 주눅들어 있었다. 그런 상황을 180도 뒤집어 버린 전투를 겪게 되자 환호작약하며 병장기들을 부딪쳐 소리를 낼 정도로 화끈한 승리의 세레머니를 해댔다.

"이안! 어떻게 할 거냐?"

다른 기간트 캐러밴에 탑승하고 있던 맥컬리의 물음에 이안이 큰 소리로 외쳤다.

"바로 요새를 공격하자고. 캐러밴의 외장갑을 닫아!"

"바로? 알았다. 공격이다! 바로 요새로 간다!"

"와아아아아!"

병사들은 기세가 오른 상태인지라 요새를 공격한다는 것에도 오히려 환호성을 지르며 용감하게 움직였다.

윈터폴 요새. 동북부에서 체이스 제국의 침입을 막기 위해 만들어진 철옹성과 같은 요새였다. 지금은 반대쪽으로 2군단이 공격하고 있어서 그쪽에 전력이 몰려 있지만 이안이 공격하려고 하는 방향이 실제 싸우기에 최적화되어 있는 곳이었다.

'저기가 윈터폴 요새… 양쪽으로 가파른 산을 끼고 있는 천혜의 요새라…….'

이안은 캐러밴을 몰고 가며 멀리 보이는 윈터폴 요새를 살폈다. 바위산의 가운데를 대공사를 통해서 깎아내고 그 자리에 요새를 설치해서 그런지 공략이 쉽지 않았다. 특히 가파른 언덕을 타고 올라간 후 요새를 공략해야 하기에 엄청난 병력적인 소모를 감수해야 할 지형이었다.

"캐러밴 정지!"

이안의 신호에 맞춰서 기간트 캐러밴들이 서서히 속도를

줄였다. 워낙 무거운 탓에 급정지에도 문제가 발생할 수 있었다.

끼이이이익!

요란한 제동소리와 함께 캐러밴이 멈추자 이안은 그대로 캐러밴에서 뛰어내렸다.

"바로 공격하는 거 아니었냐?"

맥컬리를 비롯한 친구들이 모두 모이고 강습여단의 단장이자 이안으로부터 유일하게 선배로 인정받는 커클랜드 준장도 모습을 보였다.

"왜 멈추나. 기세가 올랐을 때 밀어붙이는 게 더 좋지 싶은데 말이야."

커클랜드 준장은 기간트 캐러밴으로 요새에 바짝 붙인 뒤에 성벽을 넘을 생각을 하고 있었다. 15미터에 이르는 기간트 캐러밴의 짐칸을 이용한다면 20미터의 성벽을 오르는 것도 그리 어려운 것은 아니니 하는 소리였다.

"우리만 공격한다면 피해가 큽니다. 최대한 피해를 줄이려면 양쪽에서 공격하는 것이 좋습니다."

"흠… 그거야 그렇긴 하지만."

커클랜드 준장은 뭔가 아쉬워 보였다. 강습여단과 독립여단, 단 둘만의 공격으로 윈터폴 요새를 뚫는다면 이보다 더 뛰어난 전공은 없을 것이었으니 욕심을 내는 것이었다. 그렇다고 전공을 세워서 진급을 하겠다는 욕심을 내는 것은 아니었고 군인으로서 또 남자로서 뭔가 해냈다는 성취감 같은 것에 욕심을 부리는 거였다.

"2군단장님께는 자네가 연락을 취할 생각인가?"

2군단장이자 개전 초기에 막대한 피해를 입는 원인을 제공했던 레마겐 후작은 그 누구도 연락을 먼저 하기를 꺼려하는 자였다. 헥토르 후작에게 밀려 이인자로 취급받았던 전력 때문인지 자격지심으로 똘똘 뭉친 그런 캐릭터인 까닭이었다.

"제가 하겠습니다."

"뭐 그렇다면야 나도 편해서 좋겠군."

커클랜드 준장은 어떻게 말하면 꼴통이라고 불릴 정도인 사람이었다. 나쁜 의미의 꼴통이 아닌 바른 일을 위해서라면 윗선의 어긋난 지시는 대놓고 들이받아 버릴 정도인 탓에 레마겐 후작이 좋아할 리 없었다.

"마법 통신 개방!"

후웅! 휘류류룽!

마법 수정구에 마나가 흘러 들어가고 2군단 사령부에 해당하는 좌표로 마법 통신이 전해졌다.

―2군단 사령부 종군마법사 햄쏜입니다. 신분을 밝혀주십시오.

"독립여단장 이안 레이너 준장입니다."

—독립여단장이면… 아! 안녕하십니까, 레이너 준장님!

장군신분이 된 이래 종군마법사들은 모두 이안에게 존대를 하며 경의를 표했다.

"이번에 독립여단과 강습여단이 윈터폴 요새의 위쪽을 공격하기로 했습니다."

—네? 그게 정말이십니까?

"지금 바로 공격을 가할 생각이었다가 협공을 가하는 것이 나을 듯하여 연락하는 겁니다. 레마겐 후작 각하께 연결해 주기를 바랍니다."

—아! 넵! 바로 연결해 드리겠습니다.

종군마법사는 수정구를 통해서 보이는 이안의 젊은 모습에 놀란 얼굴로 바쁘게 뛰어야 했다.

—레마겐 후작이다. 이안 레이너 준장이라고 했나?

"예, 각하! 이안 레이너 준장입니다."

—지금 강습여단과 함께 윈터폴 요새를 공격하려고 한다는 말이 사실인가?

"물론입니다. 강습여단과 합작으로 공격을 할 생각입니다. 다만 확실하게 적을 제압하기 위해서 2군단의 협조를 바랍니다."

—크큭! 나의 2군단이 고작 협조를 하기 위해 존재하는 군단이라 생각하나, 이안 레이너 준장!

강한 어조로 힐난하는 레마겐 후작은 강습여단과 독립여단 정도는 안중에도 없다는 듯한 표정이었다.

"그건 아닙니다. 하지만 아군의 피해를 줄일 수 있는 길이라 여겨 연락을 드린 겁니다."

─어린 나이에 장군이 되었다고 세상만사가 모두 네놈의 뜻대로 돌아간다고 여기나?

레마겐의 말에 이안은 더 이상 말을 해야 할 필요성을 느끼지 못했다. 이런 머저리 같은 작자가 어떻게 2군단장이 되고 헥토르의 적수로 여겨졌었는지 알 수 없다는 생각만이 지배적이었다.

"나이 어리다고 해도 자작의 작위를 가진 귀족입니다, 각하! 최소한의 예우는 해주시기 바랍니다. 그리고 2군단장이신 각하의 뜻이 그러하다면 저희끼리 윈터폴 요새를 공략하도록 하겠습니다. 만약 저희가 공격할 때 2군단이 끼어드는 일이 없도록 해주십시오. 혹시라도 2군단이 끼어들면 적으로 오인하여 공격할까 걱정되서 말입니다. 그럼 이만 통신 해제하겠습니다."

후웅! 스팟!

레마겐 후작이 뭔가 말하려고 할 때 이안은 마나를 끊어 버렸다. 마법 통신이 끝나고 곧바로 마법 수정구에 진동이 일어났지만 이안은 썩소를 날리며 무시해 버렸다.

"괜찮겠나?"

커클랜드 준장은 이안에게 혹시라도 불이익이 가해질까 염려스러워하며 물었다. 그러나 이안은 히죽 웃어 보이며 진짜 별거 아니라는 듯이 답했다.

"레마겐 후작이 뭐라고 하든 상관없습니다. 우리가 윈터폴 요새를 공략하면 되는 거니까요."

"음… 공략하는 거야 문제는 아니지만 피해가 이만저만이 아닐 듯한데 말이야."

이안이 마법 통신을 하는 동안 커클랜드 준장도 적의 상황에 대해서 많은 생각을 한 모양이었다. 처음의 공격하자는 자세에서 많이 물러선 모습을 보이는 것을 보면 말이었다.

"오히려 다행일지도 모르죠."

"잉? 그건 또 무슨 말인가?"

"알렉세이 후작께 미리 이야기를 하고 강습여단과 독립여단만으로 윈터폴 요새를 공략하면 그만입니다. 그럴 경우 레마겐 후작은… 후후후! 정말 멍청한 지휘관이 되는 셈이니까요."

강습여단과 독립여단의 힘만으로 윈터폴 요새를 함락시킨다면 10만이 넘는 병력을 가지고도 윈터폴 요새에 막혀 있던 레마겐 후작은 무능한 지휘관으로 찍히게 되어버린다. 그렇게 될 경우 그는 지휘관으로서의 자질을 의심받게 되고 심할 경우 군단장으로서의 직위를 박탈당할 수도 있었다.

'지금의 군부는 너무 무능하고 욕심만 많은 자들이 가득하다. 레마겐을 물러나게 만든다면… 정군작업이 일어날 수도 있지.'

군단장급 이상의 장군들을 갈아치울 명분을 국왕이 손에 쥐게 되는 효과를 일으킬 수도 있었다. 물론 그것이 이안 자신에게 어떤 이득이 될지는 아직은 모르지만 적어도 나쁘게 작용할 거 같지는 않았다.

"우리만으로 뚫으려면 피해를 줄이는 방법이 있겠는가?"

"물론입니다. 전에 반란군 8사단이 했던 방법을 그대로 써먹을 생각입니다. 그리고 마동포로 요새의 문을 부수면 적들이 튀어나올 수밖에 없습니다. 그걸 병행할 겁니다."

"아… 8사단이 임시요새를 공격했던 방법이라면… 캐러밴에 흙을 싣고 거꾸로 돌진했던 그 방법 말이로구만."

"후후! 그렇습니다. 지난번에 겪어보니 그 방법이라면 마동포로 요격해도 소용이 없더군요."

윈터폴 요새의 무장은 대형 발리스타가 원거리 요격무기였다. 그걸로는 기간트를 잡을 수도 없으려니와 공성병기를 막아내는 정도일 터였다.

"흐흐! 내 모든 작전은 이안 준장에게 맡기도록 하지. 대신 우리 강습여단이 선봉이라는 것은 잊지 말게. 알겠나?"

"후후! 물론입니다."

강습여단의 작전 능력은 아직 독립여단의 병사들이 따라갈 수 없었다. 그들이 가진 전투력까지 끌어올리려면 부단한 노력이 필요할 것이었다.

"맥컬리!"

"말씀하십시오, 장군!"

맥컬리는 커클랜드 준장이 옆에 있는 탓에 깍듯하게 장군이라는 칭호를 써가며 대답했다.

"마동포를 방렬해."

"알겠습니다. 마동포 방렬!"

맥컬리의 명령이 떨어지자 40문의 마동포가 기간트 캐러밴에서 내려지며 윈터폴 요새를 향해 방렬되었다. 그리 크지는 않지만 그 위력은 로크 제국의 마동포를 압도하는 놈들이 일렬로 깔리자 가슴이 든든해지는 것에 이안은 빙긋 미소를 지었다.

"이안, 쟤들 좀 봐라."

맥컬리는 마동포를 방렬하는 과정에서 요새에서 지켜보는 눈들을 힐끗 보며 이안에게 말했다. 그의 말에 모든 친구들이 요새로 시선을 돌렸는데 아주 재미난 광경이 펼쳐지고 있었다.

'마동포를 처음 보는 자들이 꽤 많은가 보군.'

손가락질을 하며 놀라는 자들부터 시작해서 뭔가 손짓을 심하게 하며 타격을 해야 한다고 하는 듯한 자들까지 보였다. 그들의 행동을 보며 묵묵히 굳은 표정으로 서 있는 스벤든 소장의 눈이 먼 거리에서도 이안과 마주쳤다.

'스벤든 소장… 저곳에 있었나?'

패전지장이지만 꽤 재미있는 싸움을 했었던 헥토르 후작 휘하의 장군이었다. 마동포가 없었더라면 지는 것은 이안과 그 휘하의 부대였을 것이었다.

"맥컬리!"

"말하쇼, 장군!"

맥컬리는 걸걸한 음성으로 대답하며 커클랜드 준장의 눈치를 보았다. 그가 호된 질책을 가할 수도 있는 탓에 은근히 눈치를 보는 거였다.

"요새의 문을 향해 마동포를 발사해. 그리고 혹시 기간트가 뛰쳐나올 수 있으니 그에 대한 대비도 해야 하고. 음… 20문만 발사하고 나머지 20문은 기간트가 나오면 요격하기로 하지."

"흐흐! 맡겨주쇼."

맥컬리는 이안의 명령에 마동포대로 달려갔다. 그리고 그곳에서 대기 중이던 부대원들에게 우렁우렁한 목소리로 명령을 하달했다.

"마동포 발사 준비!"

"발사 준비!"

마동포 사수들은 맥컬리의 명령에 군기가 바짝 든 음성으로 복명복창했다. 그들의 목소리로 준비가 끝난 것을 알 수 있었고 맥컬리의 다음 명령이 곧바로 떨어졌다.

"좌측 1번 포대부터 준비된 사수는 마동포를 발사한다. 발포하라!"

"좌측 1번 사수 마동포 발사!"

후-우-우-웅! 콰아아앙!

1번 포대부터 마동포가 에어블래스트 마법진을 가동하여 철환을 강력하게 쏘아냈다.

쎄에에에엑! 콰아앙!

두꺼운 요새의 문에 그대로 날아가 직격하는 철환으로 인해 두꺼운 철판이 덧대어진 문이 금방이라도 부서질 듯이 흔들렸다.

"와우! 명중이다!"

"2번 포대 발사합니다. 발사!"

후-우-우-웅! 콰아아앙!

2번 포대가 연이어 발사하고 그 뒤로부터 20번 포대까지 연달아 철환을 토해냈다.

콰앙! 콰쾅! 콰지지직!

요새의 문에 직격하는 철환은 절반 정도였고 나머지는 그 주변의 요새의 벽에 타격을 가했다. 바위를 깎아 만든 요새의 성벽은 철환의 공격으로 부서져 내리기 시작했다.

"으하하하! 부서진다, 부서져!"

맥컬리는 마동포로 인해서 벌어지는 일련의 상황에 호쾌한 웃음을 토해내며 요새를 가리켰다.

'한 차례 더 쏘면 요새의 문이 부서질 거다. 그렇게 되면 적들은 어떻게든 막기 위해서 공격을 강행하겠지.'

지금 상황에서 적이 공격할 수 있는 방법은 너무나도 뻔했다. 2만에 달하는 강습여단과 독립여단의 병력들을 정면으로 들이치는 것은 승패를 떠나서 너무 많은 희생이 발생한다. 그것을 막기 위해서는 모든 기간트 전력을 동원하여 밀고 나오는 것밖에 다른 방법은 존재하지 않았다.

"토리! 기간트 준비해!"

"맡겨두슈!"

토리와 병사들이 일제히 달려가 샤베른을 준비시켰다. 총 18대로 불어난 샤베른은 쥘베른 3대와 함께 총 21대로 늘어난 기간트 전력이 되어 있었다.

'이번 싸움에서는 라페스트를 타고 움직여야 하겠군. 최대한 라피드는 숨겨야 할 테니.'

가장 아쉬운 점은 라피드를 사용할 수 없다는 점이었다. 라피드를 사용할 수 있다면 나이트급 이상의 기간트 한 기가 추가되는 것이 아니라 그 이상의 효과를 보일 수 있으니 그 점이 무척 크게 느껴졌다.

"적의 기간트가 움직인다!"

안드레아가 소리쳤다. 그는 기간트 캐러밴을 이용하여 만든 방책의 위에 올라서서 적정을 살피는 역할을 자임하고 있었다.

"맥컬리! 기간트로 타깃을 변경한다. 모든 마동포를 동원해서 기간트를 부숴!"

"흐흐흐! 맡겨두슈, 장군!"

맥컬리의 명령에 따라 기간트로 타깃이 변경되자 마동포 부대원들이 바쁘게 움직여야 했다. 요새의 문을 겨냥하던 것이라 발사각을 바꿀 필요는 없지만 움직이는 기간트를 부수기 위해서는 움직이는 각도마저 예측해서 사격해야 하기 때문이었다.

"연습한 대로 십자사격을 가한다. 1번부터 5번 포대가 1조로 사격개시!"

"추웅!"

5대의 마동포를 1개조로 하여 십자포화를 가하는 연습을 피나게 했었다. 그 연습을 통해 가운데로 두 방을 쏘고 좌우와 앞쪽에 한 방씩 쏘아서 기간트가 피할 수 있는 범위를 모두 커버하는 포술을 완성할 수 있었다.

"기간트를 잡아보자! 발사!"

"3, 2, 1, 발포!"

후우우웅! 콰콰콰콰쾅!

1조의 포병들이 시간을 정확하게 맞춰서 일제히 철환을 날렸다. 기세 좋게 날아가는 철환들은 막 요새의 부서진 문을 박차고 나오는 젤러스를 향해서 쇄도해 들어갔다.

—피, 피해라!

나오자마자 들이닥친 철환세례에 기간트 라이더는 당혹감이 짙게 묻어 있는 음성을 토했다.

'피할 곳이 없다!'

기간트가 움직일 수 있는 모든 방위를 점거하고 날아드는 철환은 눈에 보이지도 않을 정도로 빠르고 강했다. 마나를 다루기에 그 느낌을 파악할 뿐 미처 대응할 여력도 없는 상태인 탓에 무작정 방패를 앞으로 내밀고 버티기에 들어갔다.

콰앙! 콰지지직!

정면으로 들어온 두 발의 철환 중에 하나가 먼저 강철 방패에 충돌했다. 팔의 지지대가 부러져 나가는 충격에 몸체가 젖혀질 무렵 두 번째 철환이 연달아 빈 공간으로 쏘아져 들어왔다.

—크아아아악!

라이더가 탑승하고 있는 조종석은 몸체의 중앙 부분에 있었다. 탑승하는 것은 공간이동 마법을 통해서 안으로 들어가는 것이라 방호력이 좋은 강철판으로 두텁게 보호하고 있었지만 그것을 뚫고 들어와 버렸다.

─미, 미친… 최대한 빨리 돌파해 나간다. 돌격!

─돌격하라!

라이더들은 마동포의 포격으로 선두의 기간트가 박살 나 버리자 뒤를 따르던 이들이 미친 듯이 소리를 지르며 달렸다.

쎄에엑! 쎄쎄쎄쎄쎄엑!

미친 듯이 달려 나가도 그 자리로 날아드는 철환들로 인해서 여지없이 기간트들이 파괴되며 주저앉았다. 완파는 아니더라도 어디 한곳은 철저하게 파괴되어 버린 탓에 기동이 불가능한 탓이었다.

'저 정도면 기간트가 나오지 못하겠군.'

요새의 문에 주저앉아 버린 기간트의 숫자가 7대로 10미터가 넘는 거체가 멈춰 서자 요새의 문이 보이지 않는 상황이 되어버렸다.

"우우!"

"빌어먹을 마동포!"

"차라리 잘 되었소. 부서진 기간트 때문에 적들도 들어오지 못할 테니 말이요."

요새의 성벽에서 지켜보던 반란군의 지휘부들은 당혹 어린 야유와 함께 차라리 잘 되었다는 표정을 지어 보였다. 요새의 입구가 막힌 탓에 이안의 부대도 쳐들어올 수 있는 방법이 없어진 것이었다.

2장

피할 테면 피해봐

마동포로 인해서 아무런 피해도 입지 않고 요새를 부술 수 있게 된 것은 전쟁사에서 획기적인 신기원을 이룩한 것이라 할 것이었다. 특히 요새라는 의미가 아무런 도움도 되지 않게 되어버렸으니 수성하는 측도 적극적으로 전장에 나설 수밖에 없었다.

"기간트 캐러밴을 이동시켜라! 요새의 벽에 바짝 붙인다!"

"추웅!"

기간트 캐러밴 60대가 동시에 바짝 붙은 상태에서 요새를 향해 밀고 나갔다. 약간 경사진 언덕을 올라가는 것에도 아무런 어려움이 없이 갈 수 있었던 것에는 전에 스벤든 소장이 사용했던 방식을 고스란히 따라한 덕이 컸다.

"끓는 기름을 준비하라!"

"머리가 보이는 순간을 노려라!"

요새의 성벽 위에 반란군 지휘부들은 60대의 기간트 캐러밴이 거꾸로 흙은 실은 채 다가오자 이를 바득바득 갈았다. 어떻게 공략할 방법이 없었던 탓이었다. 마법을 사용한다고 해도 워낙 두꺼운 장갑을 사용한 캐러밴을 부술 수 없었고 설령 뚫는다고 해도 짐칸에 가득 채워진 흙을 어떻게 할 수 없었다.

'캐러밴의 외장벽이 15미터… 요새의 벽은 기껏해야 20미터 정도… 충분히 넘어설 수 있다.'

점프능력이 없는 이족보행 기간트는 불가능하지만 샤베른이라면 충분히 가능했다. 6개의 다리 중에서 마지막 두 개로 버티고 첫 번째 다리가 성벽에 걸리면 올라설 수 있었다. 요새의 벽에 오르기만 하면 그때부터는 모든 것이 만사형통인 것이다.

"모두 준비하라. 신호가 떨어지면 바로 올라간다. 알겠나?"

이안의 명령이 떨어지자 캐러밴에 짐칸에 숨어 있는 샤베른의 조종사들이 고개를 끄덕였다.

"지금이다! 일제히 요새로 올라가라!"

"우와아아아!"

샤베른이 일제히 흙더미를 밟고 위로 올라섰다. 숨어 있을
때는 몰랐지만 샤베른이 흙더미 위로 올라서자 요새의 수비
병들보다 월등히 높은 위치를 점하게 되어버렸다.

"곡괭이 맛 좀 보더라고!"

"으하하하! 반란군 때려잡는 것은 삽이 최고지!"

샤베른 조종사들은 곡괭이와 삽을 전용병기로 사용하는
것을 매우 즐거워했다. 그 어떤 병기보다 효율적인 사용이 가
능했고 삽은 때로는 방패로도 사용할 수 있어서 공방이 모두
가능하다는 점도 크게 작용했다.

부아아아앙!

샤베른의 오른쪽 팔에 달려 있는 삽이 횡으로 쓸어갔다. 날
카로운 삽의 면이 검날처럼 휘둘러지자 반란군 병사들은 경
악성을 터뜨리며 주저앉아야 했다.

"마법! 마법을 날려라! 적의 기간트를 막아야 한다!"

"서둘러라! 마법사들은 뭐하는가!"

지휘부는 기간트라고 하기에도 뭐한 샤베른의 공격에 패
닉상태에 빠져들었다. 하지만 아래쪽에 있는 기간트를 요새
의 성벽 위로 올릴 수는 없는 탓에 마법사들만 찾으며 방어하
라고 외쳐댈 뿐이었다.

"파이어 랜스!"

"파이어 월!"

후웅! 화르르르륵!

마법사들이 펼치는 마법들이 샤베른을 향해서 일제히 날아들었다. 오러가 실린 검이 아니라면 아다만티움이 섞인 샤베른의 강판을 파괴할 수 없으니 유일한 방어수단인 것이다.

"삽으로 막아! 매직 캔슬!"

이안은 파이어 월만 캔슬시키고 나머지는 삽으로 막으라고 소리쳤다. 계속해서 타오르는 파이어 월은 버틸 수 없지만 나머지는 삽의 두꺼운 철판으로 막을 수 있을 거라 판단한 것이다.

"버텨냈다! 다시 공격!"

"으하하하! 마법도 별 거 아니로구만. 다 죽여버리겠어!"

조종사들은 삽에 막혀 별다른 타격을 주지 못하자 기세가 올라 더욱 강력한 공격을 퍼부었다.

"지금이다! 강습여단의 병사들은 요새를 넘어라!"

"우와아아아아아!"

샤베른이 요새의 벽에 붙어서 적병들을 몰아세우는 샤이 자연스럽게 기간트 캐러밴이 붙어 있는 곳은 무주공산이 되어갔다. 그 틈을 노리고 공격을 명령하는 커클랜드 준장의 외침에 강습여단의 병사들이 일제히 사다리를 들고 흙벽을 치고 올라갔다.

탁! 타타탁! 타탁!

수백 개가 넘는 사다리들이 캐러밴에서 요새의 벽에 놓여졌다. 5미터 차이밖에 나지 않는 탓에 순식간에 병사들이 기어 올라가고, 그들의 안전은 샤베른의 조종사들이 책임졌다.

"막아라! 절대 막아야 한다!"

"쏴라! 화살을 날려라!"

방어하는 측의 지휘관들은 요새의 벽으로 기어 올라오는 적병들의 수가 많아짐에 따라 목청이 터져라 소리를 질렀다.

피피피피피피핑!

샤베른을 요격하는 것은 무리지만 병사들이 쏘아내는 화살이 강습여단을 덮치자 막 요새로 올라섰던 병사들의 상당수가 그 공격에 당했다.

"씨불… 올라가고 만다! 힘내라아!"

토리는 요새에 올라설 수 없는 쥘베른을 포기하고 샤베른을 조종하고 있었다. 긴 다리를 요새의 벽에 걸고 안간힘을 쓰는 토리는 마나 코어에 과부하가 걸릴 정도로 강하게 조종관을 다뤘다.

그아아아아아앙!

마나 코어에서 굉음을 울릴 정도로 힘을 과하게 쓴 덕분일까. 토리의 샤베른이 처음으로 요새의 벽 위로 올라설 수 있었다.

"으ㅎㅎㅎ! 다 주거쓰!"

토리는 궁수들이 늘어서 있는 곳을 향해 있는 힘을 다해서
샤베른을 몰아갔다.

"돌격이다!"

쿵쿵쿵쿵쿵쿵쿵쿵!

샤베른의 두꺼운 강철다리가 무서운 기세로 움직이고 삽
을 방패삼아 돌격하는 토리의 움직임을 막아설 존재가 없었
다.

"흐아아압!"

"차앗!"

기사라는 존재들이 마나소드를 형성한 채 샤베른을 향해
맞서왔다. 그러나 그들이 만들어낸 마나소드는 1미터에 육박
하는 샤베른의 다리를 잘라내지 못하고 생채기만 내는 수준
에서 튕겨 나가고 말았다.

"가소로운 놈들!"

후앙! 부우우우웅!

수천개의 바위를 쪼갰을 거대 곡괭이가 이번에는 갑옷을
입은 기사들을 향해서 풀스윙으로 휘둘러졌다.

"으아아아!"

"피햇!"

기다란 강철팔과 그곳에 연결되어 있는 곡괭이가 횡으로 쓸어가자 요새의 벽 위는 피할 곳도 없어져 버렸다.

퍼억! 퍼거거걱!

10여 명의 기사들이 일거에 요새의 바깥으로 날아가는 광경에 병사들은 경악했다. 기간트도 아닌 기계라고 폄하받는 샤베른이지만 인간의 육신으로는 상대 불가라는 것을 뼈저리게 느낀 것이었다.

"올라와라! 마나 코어는 터지지 않아!"

토리가 올라가는 것에 성공하자 이제껏 벽에 걸친 채 삽과 곡괭이만 휘두르던 병사들이 힘을 내서 등벽에 나섰다.

구웅! 철컹! 구웅…….

하나둘씩 올라가는 것에 성공한 샤베른들이 벌떼처럼 몰려드는 적병들을 쓸어내기 시작했다. 그러자 더욱 안전하게 올라서는 강습여단의 병사들이 대형을 갖추며 적병들을 공략해 나갔다.

"기간트를 보내라! 어서!"

"하오나 장군! 젤러스는 성벽 위로 올라가지 못합니다."

"이런……."

이족보행 기간트의 약점이 바로 좁은 공간으로는 올라서지 못한다는 점이었다. 그리고 지난 전투에서도 드러났다시

피 가파른 언덕이나 산악 지형에서는 제힘을 발휘할 수 없다는 것이다.

"젤러스로 저 빌어먹을 놈들을 최대한 방해라도 하란 말이야. 알아들어?"

"예? 예!"

젤러스의 체고는 12미터 정도로 요새의 벽 위에는 한참 미치지 못한다. 하지만 젤러스의 병기 중에 투척용 렌스도 있으니 그것으로 샤베른을 요격하면 어느 정도는 먹힐 것이었다.

―렌스를 던져라. 적 기간트를 막아야 한다. 서둘러!

기간트 라이더들의 대장이 요새의 성벽 쪽으로 달려가며 외쳤다. 그가 모는 기간트의 두 팔에는 기간트용 렌스가 양손에 하나씩 들려 있었다.

―흐압!

부앙! 쎄에에에엑!

동화율이 90%가 넘지 않는 상태에서 던져지는 것이라 그리 세련된 움직임은 보이지 않았다. 그렇다고 해도 그 렌스에 담긴 기세가 결코 녹록한 것은 아니었다.

"피해라!"

토리는 자신을 향해서 날아드는 투척용 렌스 공격에 샤베른의 다리를 최대한 낮추며 삽을 비스듬히 눕히며 막아갔다.

투캉! 콰지직!

삽을 스치고 들어오는 강력한 공격에 토리는 이를 앙다물었다. 그러나 오른쪽 가슴 부분을 살짝 파고드는 것에서 멈춰지자 입꼬리를 말아 올렸다.

'렌스 투척으로는 샤베른의 장갑을 부술 수 없다 이거지?'

젤러스였다면 부서졌을 수도 있는 공격이었다. 하지만 장갑이 두껍고 드워프들의 제련기술로 만들어진 샤베른의 장갑은 능히 그 공격을 버텨낸 것이었다.

"겁먹지 마라! 놈들의 투창공격은 샤베른의 장갑을 뚫지 못한다!"

"우와아아아! 모두 돌격이다!"

철컹! 철컹! 부우우웅!

6개의 다리를 재빠르게 놀려 성벽 위를 쏠어가는 샤베른들의 활약으로 반란군은 점점 요새 안으로 들어갈 수밖에 없었다.

"대오를 갖춰라! 적들을 두려워하지 마라!"

안드레아는 독립여단의 병력들을 이끌고 올라왔다. 독립여단의 병사들은 강습여단의 병사들이 있는 힘을 다해서 적병들을 몰아치는 것과는 다르게 성벽을 점거하는 것에 주력했다.

'어차피 적병들의 수가 더 많다. 그리고… 요새 안으로 들어가서 싸우는 것은 기간트 전력이 모자란 우리가 불리

하고.'

성벽 위에서의 싸움은 샤베른으로 인해서 훨씬 유리한 싸움을 할 수 있었다. 그러나 아래서는 상황이 180도 달라지게 되어 있었다. 이안이 내세울 수 있는 가장 큰 기간트 전력은 체이스 제국에서 빼앗은 라페스트 1기가 고작이었다. 나머지 쥘베른은 내려서는 순간 젤러스들에 의해서 산산조각이 날 것이 분명했다.

"맥컬리!"

"불렀냐?"

커클랜드 준장이 옆에 없자 대번에 친구로서 응대하는 맥컬리에게 이안은 빙긋이 미소 지으며 말했다.

"지휘를 부탁한다. 난 저 마동포를 좀 가지고 와야겠다."

"마동포를?"

"후후! 성벽 위를 완벽하게 장악하려면 그게 나을 거 같아서 말이야."

"아… 그럴 수도 있겠구나. 알았다!"

"좋아! 그럼 다녀오마!"

타탁! 휘이익!

이안은 성벽 위에서 그대로 몸을 날렸다. 기간트 캐러밴이 대어져 있다고는 해도 5미터가 넘는 높이를 뛰어내린 후 흙벽을 타고 또다시 몇 번의 점프를 감행했다.

"장군! 어쩐 일이십니까?"

마동포대의 병사들과 그들을 지키기 위한 병력들은 이안의 등장에 깜짝 놀라며 물었다. 한창 전투가 진행되고 있는 시점에서 최고 지휘관인 이안이 이곳에 온 것이 의외인 것이다.

"마동포를 가져가려고 왔다. 모두 물러서도록!"

"아… 충!"

마동포 부대원들이 뒤로 물러서자 이안은 아공간 가방을 꺼내들고 마동포에 손을 가져다 댔다.

"마동포 입고!"

후웅! 스팟!

마동포가 아공간 가방 안으로 빨려 들어가자 병사들은 놀란 눈으로 이안을 쳐다보았다. 그러나 그들의 놀람을 모른척하며 이안은 계속해서 다른 마동포를 모두 아공간 가방으로 쓸어 담았다.

"…입고!"

마지막 마동포까지 모두 쓸어 담는데 걸린 시간은 10여 분 남짓이었다. 무거운 철환까지 담은 탓에 약간 지체됐지만 성벽 위의 전투는 샤베른의 활약으로 매우 유리하게 진행되고 있었다.

"모두 나를 따르라. 성벽 위에 마동포를 설치할 것이다."

"추웅!"

병사들이 모두 이안을 따라 기간트 캐러밴을 향해서 달렸다.

가파른 흙벽을 거침없이 돌파한 그들은 강습여단이 걸어 놓은 사다리를 타고 올라갔다.

"마동포 소환!"

후웅! 파앗!

마동포가 아공간 가방에서 튀어나와 성벽 위에 놓였다. 아군의 두터운 방어 속에 놓인 마동포가 놓이자 놀란 것은 다름 아닌 반란군 지휘부였다.

"마, 막아야 한다! 전군 성벽으로 돌격하라!"

스벤든 소장은 마동포가 놓이기 시작하자 그 무서움을 깨닫고 급히 전 병력에게 돌격 명령을 하달했다. 마동포가 성벽 위에 놓이고 요새 안을 타격한다면 하루도 지나지 않아서 반란군은 괴멸될 거라 여긴 것이다.

"파이어 볼!"

"라이트닝 스피어!"

후우웅! 콰츠츠측!

마법사들은 마동포를 타격하기 위해서 마나가 고갈될 때까지 마법을 난사했다. 어느 정도의 딜레이는 있지만 50명이 넘는 종군마법사의 공격이 퍼부어지자 샤베른으로 보호하는 것도 무리가 따랐다.

콰앙! 화르르륵!

"으아아아!"

"사, 살려줘!"

마동포의 포수들은 날아드는 마법에 의해서 시꺼멓게 타들어가며 쓰러졌다. 그들만을 노리고 날아드는 터라 한 번의 공격에 마동포 한두 개씩은 고스란히 파괴되어 버렸다.

'이런… 내가 너무 안일하게 생각했다…….'

마동포로 적을 요격하면 좋겠다는 생각만 했지 적들이 필사적으로 마동포만 노리고 공격해 올 줄은 생각하지 못했었다. 그 탓에 벌써 7기의 마동포가 마법에 의해서 무용지물로 변해 버렸다.

"궁수들은 마법사를 노려라! 마법사를 죽여!"

티모시가 악에 받쳐서 궁수들에게 마법사를 노리라고 주문했다. 성벽 위에 올라선 채 반란군과 맞서고 있던 병사들 중에서 활을 든 병사들은 일제히 마법을 캐스팅하고 있는 그들에게 활시위를 당겼다.

"죽어랏!"

"흐읍!"

피피피피피피피피핑!

수천이 넘는 병사가 일제히 마법사들을 노리고 화살을 날리자 마동포를 공격하던 마법사들은 기겁을 하며 실드 마법을 펼쳤다.

티팅! 티티티팅! 퍼걱!

"크헉!"

"바, 반격하라!"

수천발의 화살을 모두 막아낼 수 있는 실드 마법은 적어도 마도사급은 되어야 가능했다. 누적되는 타격에 결국은 실드 마법이 깨져나가고 몇몇 마법사들이 화살세례에 당한 채 죽어나갔다.

"장군! 마동포 준비됐습니다!"

"철환을 빼고 발사한다. 에어블래스트를 쏘아라!"

"추웅!"

어느 정도의 피해는 입었지만 결국 마동포의 가동에 들어간 이안의 병사들은 철환을 제거한 채 마동포로 적들을 겨눴다. 특히 마법을 사용하여 동료들을 죽음으로 몰고 간 마법사들이 주 타깃이 되어버렸다.

"발포한다! 3, 2, 1, 발포!"

후우우웅! 쿠아아앙!

철환을 제거한 채 발사되는 마동포에서는 5클래스의 마법인 에어블래스트가 5중첩이 되어 쏘아져 나갔다. 압도적인 위력이 집약되어 쏘아져 나가는 탓에 그 파괴력은 6클래스

광범위 마법을 무색하게 만들어졌다.

"피, 피해라!"

"시, 실드… 크아아악!"

콰아아앙! 콰드드드드드등!

에어블래스트 마법이 직접 타격한 곳은 직경 100미터에 달하는 엄청난 충격파에 의해 휩쓸렸다.

'아아… 절망적이다…….'

스벤든 소장은 에어블래스트 5중첩 마법이 떨어져 내린 곳을 보고 고개를 가로저었다. 직경 100여 미터를 휩쓸어 버리는 위력도 위력이지만 그걸 보는 병사들의 사기는 바닥으로 내려앉아 버린 것이다.

"마동포를 부숴! 그 길만이 우리가 사는 길이다! 기사들은 뭐하는가, 길을 열어라!"

스벤든 소장이 좌절감에 빠져들 무렵 다른 지휘관들은 어떻게든 살아남기 위해서 필사적으로 병사들에게 소리를 질렀다. 그러나 한번 사기가 꺾인 병사들에게 그 명령은 오히려 절망만 안겨주는 외침이었다.

부아아아아앙! 콰앙! 콰드드등!

갑작스런 소음에 이안이 고개를 틀어 소리가 난 곳을 보았다. 그러자 그곳에서 벌어진 사태에 그의 미간이 좁혀졌다.

'빌어먹을 새끼들… 샤베른이나 공략하지 왜 마동포를 부순담!

이안은 젤러스 한 기가 거대 렌스를 이용하여 마동포를 후려친 것에 이를 앙다물었다. 두꺼운 강철 포신을 가진 마동포가 부서지지는 않았지만 발사를 위해 특별히 만들어진 발사대와 고정축이 부서져 사용할 수 없게 되어버렸다.

'으득! 이렇게 되면 이판사판이다!'

이안은 사용할 수 없게 된 마동포를 보며 한 가지 생각을 떠올렸다.

'그래… 마동포를 들고 쏜다면 라피드를 사용하더라도 문제가 크게 불거지는 일은 없을 것이다. 마동포로 싸우는 거지 라피드로 싸우는 게 아닌 셈이 되어버리니까.'

이안은 해볼 만한 도박이라 생각했다. 어차피 언젠가는 알려질 라피드이지 않은가. 한번에 세상에 드러나 집중포화를 당하는 것보다는 조금씩, 그리고 최대한 왜곡해서 알려지게끔 만드는 것이 낫다고 판단했다.

"라피드 소환!"

후우웅! 스팟!

이안이 팔찌에 마나를 주입하며 라피드를 소환했다. 거대한 라피드의 동체가 성벽 위에 모습을 드러내자 반란군 진영에서는 경악으로 난리가 나버렸다.

"라피드, 탑승한다!"

이안은 곧바로 라피드에 탑승하여 자리를 잡았다.

―마스터를 환영합니다. 동화율 체크합니다. 70% 80% 90… 93% 동화율 체크 완료!

"라피드 바로 기동에 들어간다. 마나 코어 온!"

―마나 코어 체크… 3, 2, 1, 가동!

"좋아, 바로 간다!"

이안은 마나 코어가 활성화되자 곧바로 의지를 실어 라피드를 움직였다.

기잉! 쿠구구구궁!

라피드의 양손에 의해 들어 올려진 마동포가 아래를 향해 겨눠졌다.

'에어블래스트 마법은 5중첩 마법… 1개의 마법진만 사용한다면 5초에 1발씩의 에어블래스트 마법을 쏠 수 있다. 다시 마나가 쌓이는데 걸리는 시간은 30초! 연사로 쏠어주마!'

이안은 살소를 머금은 채 마동포를 잡은 라피드의 손으로 마나를 움직였다.

"라피드 마동포를 발사할 수 있겠어?"

―가능합니다. 마나의 전이만 이루어지면 바로 사용할 수 있습니다. 마나 전이를 허용하시겠습니까?

"허용한다. 마동포 발사 준비!"

―마동포에 마나를 주입합니다. 마동포 발사 준비 완료! 마

스터, 명령을!

"좋아! 마동포 발사!"

―마동포 발사합니다!

후웅! 콰앙! 후웅! 콰앙! 후웅…….

5초에 1발씩의 에어블래스트가 마동포에서 쏟아져 나갔다. 5중첩이 아닌 탓에 위력은 현저히 줄었지만 1발의 에어블래스트만 해도 20여 미터를 휩쓰는 위력이 담겨 있었다.

콰콰콰콰쾅!

순차적으로 에어블래스트 마법에 휩쓸린 반란군 진영은 아비규환으로 변해 버렸다. 피할 틈도 없이 연달아 쏟아지는 마동포의 에어블래스트로 인해 요새 안이 초토화되기 시작한 것이었다.

―마동포 사수들은 철환을 사용하여 기간트를 공격한다. 적 마법사들은 나에게 맡겨라!

이안이 마동포를 갈겨대며 기간트를 부수기 위해 마동포 사수들에게 철환 공격을 명령했다. 쉴 새 없이 에어블래스트 마법으로 적들을 쓸어가는 이안의 명령은 반란군에게 있어서는 지옥으로 가는 특급 티켓이 되어갔다.

"크크큭! 동료들의 복수다! 어디 죽어봐라!"

"마동포 발사!"

후앙! 콰콰콰콰쾅!

살아남은 20여기의 마동포가 일제히 공격을 가해오는 기간트를 향해서 쏘아졌다. 집중포화를 쏠 수는 없었지만 너무도 가까운 거리에서 쏘아지는 철환 세례에 기간트들은 제대로 된 방어도 하지 못하고 그대로 파괴되어 쓰러지기 시작했다.

─기간트 부대는 뒤로 물러서라! 어서!

─크악! 마나 코어가… 파괴… 치치칙!

기간트 라이더들은 마동포의 철환 공격에 10여 기의 기간트를 잃고 난 후에야 뒤로 물러섰다. 그러나 이미 악에 받칠 대로 받친 마동포 포수들은 도망가는 기간트들을 악착같이 겨누며 포격을 가했다.

쎄에에엑! 콰드드등!

또 한 대의 기간트가 파괴되어 강렬한 충격음을 남긴 채 무너져 내렸다. 요새의 건물 뒤로 숨어든 기간트의 숫자는 겨우 10여 대에 불과할 정도였다. 처음 요새에 남아 있던 40여 대의 기간트 중에 3/4이 순식간에 마동포의 포격으로 날아가 버린 것이었다.

'어떻게 해야 할까? 기간트로 성벽을 부술 수는 없는 노릇이고……'

스벤든 소장은 요새의 성벽 한쪽을 이안의 부대에 장악당하자 위기를 넘길 방법을 강구했다. 어떻게든 이 위기를 넘기지 않으면 전멸 내지는 항복 외에는 다른 길이 없었다.

"기사단을 한쪽으로 모으도록!"

스벤든 소장의 명령에 부관은 왜 그런 명령을 내리는 것인지 궁금하다는 표정을 지었다.

"명령대로 하라!"

"추웅!"

부관은 스벤든 소장의 강렬한 기세에 눌려 허겁지겁 뛰어가 병사들을 지휘하는 기사들을 한쪽으로 모았다. 살아남은 8사단의 기사들은 그리 많지 않았지만 장교들까지 모두 합하자 100여 명이 넘는 기사단이 구성되었다.

"모두 모였습니다, 장군!"

"내 말을 잘 듣도록! 저기 무너진 기간트들이 보이는가?"

스벤든 소장의 물음에 기사들은 성벽 바로 아래쪽에 부서져서 덩그러니 놓여 있는 젤러스를 보았다.

"저 부서진 젤러스를 타고 위로 올라간다. 우리가 마동포를 부수지 못하면… 결과는 말 안 해도 알겠지?"

"으음……."

부관은 침음성을 흘렸다. 마동포를 부숴야 한다는 것은 누구보다 잘 알고 있었지만 성벽 위로 올라가는 것이 너무도 어려웠다. 수천 명이 넘는 궁병들이 일제사격으로 쏘아내는 화살세례를 제일 먼저 뚫어야 한다. 그 다음에는 마동포 사수들이 쏘는 에어블래스트 마법이 덮쳐 올 것이 자명했다. 거기서 살아남는다고 해도 위에 버티고 있는 샤베른들의 공격을 무슨 수로 당해낼지 암담한 기분이었다.

"우리가 죽더라도 전쟁은 이겨야 한다. 그 이유를 진정 모른단 말인가?"

"알고 있습니다!"

"안다면 반드시 부숴라! 그 길만이… 내 가족이 사는 길임을 잊지 말도록!"

"추웅!"

기사들은 반란이 실패했을 경우 자신의 가족들이 겪게 될 그 끔찍한 고통을 생각하며 전의를 다졌다. 죽더라도 반드시 마동포를 파괴하겠다는 굳은 의지가 담긴 눈빛을 서로 교환하며 짧고 강한 고갯짓을 해댔다.

"가라! 반드시 성공해야 한다."

"명!"

기사들이 일제히 달려 나갔다. 그들의 손에는 화살을 막기 위한 두꺼운 카이트실드가 들려 있었다. 두 개의 방패로 앞을 막은 채 달리는 그들의 돌격에 성벽 위의 이안의 부대는 위기감을 느끼고 요격에 나섰다.

"쏴라! 무조건 마동포를 보호해야 한다!"

"강습여단의 기사들은 모두 마동포를 지켜라!"

커클랜드 준장까지 나서서 마동포의 사수에 나섰다. 그도 이번 전투를 통해서 마동포가 얼마나 대단한 위력을 보이는지 확실하게 느낀 듯했다.

타타타탓! 휘릭!

제일 선두에서 치고 나왔던 반란군 기사가 파괴된 젤러스의 동체를 밟고 공중으로 치솟아 올라왔다. 그는 마나가 실린 검을 휘둘러 성벽 위의 병사를 공격하며 올라섰다.

"타앗!"

쉬릿! 쉬쉬쉬쉭!

변화가 심한 검세로 마동포를 지키는 병사들을 향해 쓸어 가는 기사의 공격에 한 번에 서넛씩의 병사들이 무너져 내렸다.

"이놈! 죽여 버리겠다!"

샤베른을 조종하는 병사들은 동료들의 죽음에 노호성을 터뜨리며 강철팔을 휘둘러 급히 대응에 나섰다.

피핏! 콰드드등!

강렬한 곡괭이 공격이 무위로 돌아가며 성벽을 부수며 들어갔다. 그러자 자연 허점이 생긴 샤베른의 동체를 향해서 기사가 도약하며 그 허점을 노렸다.

쎄에에엑! 파가각!

"끄륵……."

조종석을 노리고 마나소드를 찔러 넣던 기사는 갑자기 날아든 화살에 목을 부여잡았다. 아찔한 순간을 넘긴 조종사는 먼 곳에서 활을 든 채 씨익 웃어 보이는 사냥꾼 출신 동료에게 짧게 고개를 숙여보였다.

─어딜 기어오는 것인가! 모두 죽어랏!

이안은 살기등등한 어조로 외치듯 말하며 달려오는 기사들을 향해서 마동포를 쏘아댔다. 5초에 1발씩 날아가는 마동포 공격에 기사들은 달려오다 죽어나가야 했다.

'급하게 됐군. 자살특공대라니……'

스벤든 소장이 이끄는 사단 직할대의 기사들이 모두 동원되어 죽음을 각오하고 공격해 오는 것에 이안은 주위를 빠르게 살폈다.

'그래… 저거라면……'

이안은 파괴된 젤러스이 남긴 거대 렌스들을 보고 입꼬리를 말았다. 동화율이 낮은 젤러스의 라이더들은 직선적인 공격밖에 할 수 없지만 라피드는 달랐다.

부앙! 쎄에에에엑!

강철로 만들어진 거대 렌스의 가운데를 붙잡고 그대로 던지는 이안의 투척 공격에 기사들은 기겁을 해야 했다. 일반적인 투창공격이 아닌 4미터가 넘는 철창이 넓게 펼쳐진 채 날아드는 그 공격은 피하기도 벅찬 그런 공격이었던 것이다.

―피할 테면 피해봐! 강철 렌스는 얼마든지 있으니. 가랏!

부우웅! 쎄엑! 쎄에에엑!

양손으로 미친 듯이 집어던지는 이안의 공격에 달려들던 기사들은 에어블래스트 공격보다 더 지독한 공격도 있음을 깨달아야 했다.

3장

아쿰?. 날려 버려!

이안의 라피드가 교범에도 없는 투창공격으로 기사단을
도륙해 버리자 상황은 다시 원상태로 돌아왔다. 성벽으로 오
르는 길을 강습여단의 기사들이 틀어막은 채 마동포의 샤베
른의 공격으로 요새의 반란군에게 학살을 가하는 것이었다.

후웅! 콰아아앙!

마동포가 발사될 때마다 반란군은 수십 명이 폭사되며 그
대로 죽어 나갔다. 활로 요격하는 방법 외에는 그 어떤 방법
도 남아 있지 않은 반란군들은 나락으로 떨어져 내리는 사기
에 절망해야 했다.

'별 수 없는가… 이대로 요새를 포기하는 수밖에…….'

스벤든 소장은 요새를 포기하는 방법 외에는 별다른 타개책을 찾을 수 없었다. 이미 강습여단과 독립여단에 의해서 성벽을 점거당했고, 그곳에서 쏟아지는 공세를 감당하기 어려웠다. 특히 샤베른의 보호를 받는 마동포의 공격과 높은 위치를 점한 궁수들의 공격이 문제였다.

"후버 장군!"

"스벤든 소장, 이를 어찌하면 좋겠소?"

헥토르 후작 휘하의 장군 중에 하나로 요새의 방어를 맡고 있는 후버 자작이 달려왔다. 그는 이미 많은 기사들을 잃은 탓에 침중하게 굳은 표정이었다.

"요새를… 요새를 버려야 할 거 같소."

"으음… 하지만 어디로 간다는 말이오? 양쪽이 모두 막혀있는 상황인데……."

후버 자작의 말에 스벤든 소장은 15만 이상의 병력이 막고 있는 서남쪽이 아닌 이안과 커클랜드의 병력이 점거하고 있는 동북쪽을 가리켰다.

"저들이 비록 성벽을 점거했다지만 바깥쪽은 무주공산일 것이오. 그러니 그쪽을 뚫고 나간다면 퇴로는 걱정하지 않아도 될 거요."

"오! 생각해 보니 그렇구려."

강습여단과 독립여단의 병력을 합해봐야 2만 남짓한 병력에 불과했다. 그에 비해 요새 안에서 싸우고 있는 병력은 지금 5만에 육박하는 수치였다.

　"바로 퇴각하는 것이 낫겠소. 이대로 가다가는 병사들만 죽어나갈 듯하니 말이오."

　"그럽시다. 바로 명령을 내려야겠소."

　"그렇게 하시구려. 아참! 그리고 요새의 문을 뚫고 나가야 하니 남은 기간트들을 선두에 세워야 할 거요."

　"알겠소. 내 그리하리다."

　후버 자작이 달려가자 스벤든 소장은 고개를 가로저으며 이 반란은 실패로 돌아갈 것임이라 자인했다. 윈터폴 요새가 함락된다면 남은 것은 헥토르 후작이 버티고 있는 요새 달랑 하나 남는 셈이었다. 그곳은 로크 제국에 가까운 곳이라 체이스 제국의 지원도 기대할 수 없는 곳이었다.

　뿌웅! 뿌우웅! 뿌웅…….

　연속으로 울려 퍼지는 퇴각 나팔소리가 요새를 뒤흔들었다. 규칙적으로 퍼지는 그 소리에 이안은 입꼬리를 말아 올렸다.

　'퇴각하려고 하는가? 훗! 방향은 이쪽이라 이거지?'

　자신들이 점거하고 있는 성벽 쪽으로 방향을 틀고 우르르 몰려드는 적들의 모습에 이안은 살소를 머금었다.

―안드레아!

"말해!"

이안이 마동포를 연사하면서 안드레아를 찾자 마동포 한 기를 맡아서 지키고 있던 안드레아가 달려왔다.

―기간트 캐러밴으로 요새 정문에 양쪽으로 늘어뜨려서 길을 좁혀!

"응? 아! 알았다."

안드레아는 이안의 생각하는 것을 알아채고 얼른 성벽을 뛰어내리며 기간트 캐러밴의 조종사들에게 지시를 내렸다.

"캐러밴 기동! 요새의 문에 이열로 벽을 만들어라!"

"명!"

기간트 캐러밴이 움직여 부서진 요새의 문에 이열로 나란히 벽을 만들었다. 그리고 난 후 다시 움직일 수 없도록 캐러밴의 마나 코어에서 마나석을 빼낸 후 숨어버리자 300여 미터에 이르는 길 아닌 길이 만들어졌다.

"돌파하라! 요새를 탈출한다!"

스벤든 소장의 명령에 따라 남은 병력들이 기간트를 앞세우고 밀려 나갔다. 마동포로 인해 몇 대의 기간트가 더 부서졌지만 악착같이 빠져나가려고 노력한 탓에 많은 수의 병력들이 문을 돌파해 바깥으로 나갈 수 있었다.

"이, 이런……."

스벤든 소장과 후버 자작등의 지휘부들은 요새의 문을 나서자마자 자신들의 앞길이 오직 하나의 길로만 빠져나갈 수 있게 되어버린 상황에 이를 갈았다.

"최대한 빠르게 돌파한다! 나를 따르라!"

스벤든 소장이 마나소드를 형성한 채 카이트실드로 몸을 가리고 말을 몰아 내달렸다. 그 뒤를 처음 이안의 부대를 막으려 했던 기병사단이 뒤를 따르고 일반 병사들이 마지막으로 요새를 떠나갔다.

"화살을 퍼부어라! 한 명이라도 더 죽여야 한다! 쏴라!"

안드레아와 이안의 친구들은 병사들을 지휘하여 독하게 몰아세웠다. 그들의 독전으로 인해서 빠져나가는 병력의 꽤 많은 수가 화살세례에 당해 죽어나갔다.

'어느 정도는 보내준다……. 그러나 포로를 잡는 것이 곧 나의 힘을 키우는 길… 반 정도는 잡아야겠지.'

이안은 반란군이 빠져나가는 것을 어느 정도 묵인하면서 절반 정도가 빠져나갔을 때 라피드를 몰아 기간트 캐러밴으로 뛰어내렸다.

쿠웅! 콰콰쾅!

기간트 캐러밴의 바퀴가 충격에 의해서 부서져 나갔다. 그러나 이안의 라피드는 너무도 자연스럽게 캐러밴을 박차고 다시 뛰어내려 지면에 착지했다.

　―거기까지! 더는 빠져나가지 못한다!

　이안의 라피드가 요새의 문을 가로막은 채 외치자 빠져나가려던 병사들은 얼음이 되어버린 듯이 멈춰 섰다.

　"으으⋯⋯."

　"주, 죽었다⋯⋯."

　기간트를 당해내지 못한다면 절대 뚫을 수 없는 길이 길게 깔려 있었다. 그리고 그 길의 좌우측 벽이 되어 있는 기간트 캐러밴의 위에는 수많은 병사들이 활을 겨눈 채 살기등등한 모습을 보이고 있었다.

　―항복하라! 그렇지 않으면 모두 죽이고 말겠다!

　이안의 항복 종용에 수뇌부가 돌파하여 빠져나간 나머지 병사들은 고개를 떨궈야 했다.

　"항복하겠습니다."

　"하, 항복⋯ 합니다."

　병사들이 무기를 떨구고 항복하자 이안은 기간트를 탄 채 친구들에게 신호를 보냈다. 이제 완벽하게 요새를 장악하고 반란군 포로들을 제압해야 할 시간이었다.

　"웅! 저, 저게 어떻게 된 거야?"

　2군단은 강습여단과 독립여단이 공격을 한다는 것은 알고

있었다. 그러나 15만에 이르는 자신들의 세찬 공격에도 끄덕
도 하지 않고 있는 요새가 함락당할 것이라고는 생각하지 않
았었다.

"서, 설마……."

"설마가 맞아! 저건 강습여단과 독립여단의 깃발이다!"

하루의 유예기간을 둔 채 두 여단이 공격에 실패하면 재차
공격에 나서려던 2군단 소속의 병사들은 요새의 문루에 오르
는 두 깃발을 보고 놀라워했다.

"무슨 일인데 이리 소란인가?"

장교 하나가 감시병들에게 호통을 치자 감시병들은 장교
에게 손짓으로 두 깃발을 가리켰다.

"저길 보십시오."

"응? 뭔데 그래?"

장교는 아무 생각 없이 손길을 따라 시선을 옮겼다가 깜짝
놀라고 말았다.

"모두 대기하도록!"

"옛!"

병사들을 남겨둔 채 그대로 본진으로 달려간 장교는 그대
로 대형 막사에 만들어져 있는 회의장으로 뛰어 들어갔다.

"급보입니다! 급보!"

급보라는 말에 회의장에 있던 주요 지휘관들은 소리가 난

곳으로 일제히 시선을 집중시켰다.

"고하라!"

"윈터폴 요새가 함락됐습니다."

"뭐라? 윈터폴 요새가 함락되었다니 그게 무슨 말이야!"

레마겐 후작은 난공불락의 요새인 윈터폴 요새가 함락되었다는 말에 자리를 박차고 일어났다. 자신의 2군단과 귀족군이 있는 힘을 다해서 두들겼어도 피해만 입어야 했던 요새가 윈터폴 요새였다. 그런 곳을 함락시킬 수 있는 부대가 있다는 것도 믿어지지 않았다.

"서, 설마… 강습여단과 독립여단이 함락시킨 것이냐?"

"충! 요새의 문루에 두 여단의 깃발이 올라가 있었습니다. 그것을 확인하고 바로 달려오는 길입니다, 각하!"

"으득!"

레마겐 후작은 분노로 이성이 마비될 지경이었다. 자신의 군단을 비롯해서 15만에 달하는 병력이 두들길 때는 잘만 버티던 요새가 두 여단의 공격에 무너진 것에 울화통이 치밀어 올랐다.

'아니지……. 이럴 때가 아니야. 어서 빨리 요새를 넘겨받아야 한다. 시간이 없어!'

레마겐 후작은 이번 사태가 몰고 올 여파를 생각하자 얼른 자신의 권위로 두 여단장을 찍어 누르고 그 공을 가로챌 생각을 하게 되었다.

"전군에 비상령을 하달하라! 어서!"

"비상령을 말씀이십니까? 하, 하오나……."

"닥쳐라! 어서 내 명대로 하지 못할까!"

"아, 알겠습니다."

지휘관들과 귀족들은 레마겐 후작의 명령이 무슨 뜻인지 파악하고 벌레씹은 표정이 되어 움직였다. 그러나 일부 귀족들은 음흉한 미소와 함께 레마겐 후작의 뜻에 동조하며 자신들의 사병들을 움직이기 위해 달려나갔다.

"이안!"

"응? 왜?"

"저길 좀 봐라."

티모시가 가리키는 곳으로 시선을 돌린 이안의 왼쪽 입꼬리가 살짝 말려 올라갔다. 2군단과 귀족군들이 일제히 윈터폴 요새로 몰려오고 있는 것을 본 후 지어진 표정이었다.

'거지같은 새끼들… 감히 공적을 나눠 먹을 생각을 한 건가? 후후후!'

공적을 나눠먹으려고 했다면 처음부터 같이 공격을 했어야 했다. 그런 것도 없이 자신들은 빠지겠다고 해놓고 이제 와서 달려오는 것은 숟가락을 얹고 대부분의 공적을 레마겐 후작이 가로채겠다는 의미 외에는 없었다.

'어림없는 수작!'

이안은 독하게 마음을 먹고 매직 크리스탈을 손에 쥐었다. 그리고 모든 상황을 매직 크리스탈에 담으면서 명령을 하달했다.

"마동포를 남서쪽 문루로 옮겨!"

"마동포를? 뭐하려고?"

"저 새끼들한테 좀 쏘려 그런다. 왜?"

"야! 너 미쳤어?"

"후후! 미친 건 내가 아니라 저놈들이지. 그리고 미친놈들한테는 몽둥이가 약이라고 하더라."

이안의 말에 티모시는 고개를 가로 저었다. 자신이 아무리 4차원적인 인간이라고 불린다고 해도 저런 똥배짱은 부릴 엄두를 내지 못할 것이었다.

"성문을 열어라! 나는 2군단장이자 변경백인 레마겐 후작이다!"

우렁찬 음성으로 성문을 열라고 요구하는 레마겐 후작의 외침에 모든 병사들이 이안을 쳐다보았다. 그러나 이안은 고개를 저으며 성문의 문루로 향해 걸어갔다.

"여긴 어쩐 일이십니까? 레마겐 후작 각하!"

"이안 준장인가? 성문을 열어라!"

"그건 안 되겠습니다만."

"뭐라! 네 이놈! 지금 네놈 따위가 군단장이자 변경백이고 이 나라의 후작인 내 명령을 거역하겠다는 것이냐!"

레마겐 후작은 귀족들과 군단 지휘관들이 지켜보는 자리에서 이안에게 거절당한 것에 분노하며 소리를 버럭 질렀다.

"군단장이 뭐 어떻다고 그런 소리를 하십니까? 변경백은 이 지역의 변경백도 아니신데 그건 또 뭐라고 하시는 소리이시구요?"

"뭐, 뭐라?"

"후작 작위가 유일하게 뭐라 하실 수 있는데 아침에 있었던 통신 내용 기억 안 나십니까? 공동작전으로 요새를 공략하자 했더니 너희들 따위와 하기 싫으시다고 하신 분은 누구십니까!"

이안이 마나를 가득 실어 외치자 그의 기세는 바라보는 이들을 억누를 정도로 강렬하게 퍼져 나갔다.

"그런 분이 요새를 공취하는데 성공하니 뒤늦게 나타나서 문을 열라고 하십니까? 거참 재미있는 분이시로군요. 성문 못 엽니다. 돌아가세요."

"네 이놈! 항명죄로 네놈의 목을 베어야 눈물을 흘리려고 하는가!"

"베어보시죠? 제 직속상관도 아니신 분이 항명죄 운운하시다니 참 재미있네요."

"감히 자작 따위가 후작인 내 명령을 거부해! 전군 강제로 성문을 열어라!"

레마겐 후작이 소리를 지르자 2군단의 병력과 일부 귀족군들이 움직이기 시작했다.

"발포하라!"

"추웅!"

후-우-우-웅! 콰콰콰콰콰콰쾅!

부서지지 않은 24문의 마동포가 발사되고 전진하려고 하던 2군단 병사들의 앞쪽에 강렬한 에어블래스트 마법이 쏟아져 내렸다.

"헉!"

"무, 물러나라!"

일선 지휘관들은 엄청난 위력으로 떨어져 내리는 마동포의 무시무시함에 눈을 부릅뜨고 성문 위를 노려보았다.

"이게 뭐하는 짓인가! 네놈이 정녕 죽으려고 환장을 한 것이 아니더냐! 감히 아군을 공격하다니!"

"아군? 홋! 정말 웃기신 분이로군요. 공동 작전을 실행하자고 하니 싫다고 거절하더니 점령하고 나니 공적을 빼앗으려고 군대를 몰아오십니까? 요새에 대한 절차가 완전하게 끝나는 순간까지 2군단과 그 연합된 병력의 출입을 통제합니다."

"이이……."

"독립여단 편성법에 의거하여 독립여단이 점령한 곳은 독립여단의 통제에 따른다는 것 정도는 아실 거라 믿습니다. 그리고 이번 독립여단의 직속상관은 국방성장님이고 그 위로는 국왕전하십니다. 그러니 군단장님께서는 명령 운운하지 마십시오. 억울하시면 국방성장님께 직접 이의를 제기하시든지요."

"지금 그걸 말이라고 하는 것이더냐! 내 후작의 작위를 걸고 네놈을 가만두지 않겠다!"

"그러시든지요. 하지만 법을 어긴 것은 후작님이지 나와 독립여단이 아니거든요. 전투행정법 좀 공부하시지 그러셨습니까?"

"이이… 네 이놈!"

"후작님에게 이놈저놈 소리 들은 이유는 없어 보입니다만. 그리고 지금 이 순간에도 매직 크리스탈로 모두 찍고 있으니 잘잘못은 오로지 국왕전하께서 판단하실 겁니다. 그럼 이만!"

이안은 그렇게 말한 후 신형을 틀어 독립여단의 병사들에게 외치듯이 말했다.

"전병력은 들어라!"

"추웅!"

"독립여단이 점령한 이 요새는 독립여단 설치법에 의거 오롯이 우리 독립여단의 주둔지이다. 고로 누구라도 침범한다면 그가 누구라도 쏴 죽여라! 아군? 우리는 그딴 거 없다. 저들이 먼저 아군임을 포기했는데 우리가 받아줄 이유 따위는 없다. 알겠나!"

"추웅!"

우렁찬 외침과 함께 독립여단의 병력들이 일제히 활시위를 당기며 2군단 병력을 향해 겨눴다.

"으으… 저… 저 새끼를……."

레마겐 후작은 끓어오르는 혈압에 뒷목을 부여잡으며 손가락질을 해댔다. 그러나 마동포의 어마어마한 위력과 1만에 달하는 병력이 성벽 위에서 활시위를 당기고 있는 것을 보고도 계속 버틸 수는 없었다.

"군단장님 어떻게 하시겠습니까?"

휘하의 사단장 하나가 다가와 물었다. 지금 상황은 이안의 머리 위에 떠있는 매직 크리스탈이 모두 찍고 있는 것이니 2군단에게 득이 될 것이 없었다.

"군대를 물려라… 하지만 내 저 오만방자한 놈을 가만두지 않겠다. 으드득!"

레마겐 후작은 국방성의 훈령을 받아서 요새 안으로 들어가는 즉시 이안을 죽일 생각이었다. 어린 이안이 준장이 된 것은 들어서 알고 있었지만 그 배후가 무엇인지, 또 어떤 이유로 그렇게 된 것인지 알지 못했으니 그런 생각을 하는 거였다.

'알렉세이 후작의 도움을 받아야겠군. 후후!'

레마겐 후작이 국왕파의 무장이라지만 이런 중대한 실책과 욕심을 부린 것이 알려지면 국왕의 진노를 피할 수 없었다. 그러나 그러기 위해서 보고가 올라가야 하는데 그것을 해 줄 사람이 없다는 것이 문제였다.

후웅! 징! 징! 징!

마법 수정구에 마나가 불어넣어지자 통신 좌표로 곧장 연결되어졌다.

─국방성 마법통신실입니다. 관등성명을 밝혀주십시오.

약간은 나이가 들어 보이는 음성으로 통신마법사가 말했다.

"독립여단의 이안 레이너 준장입니다. 알렉세이 국방처장 각하를 연결해 주시기 바랍니다."

─아! 레이너 준장님이시군요. 잠시만 기다리십시오.

통신 마법사는 그대로 달려가며 알렉세이 후작의 집무실로 향했다. 곧이어 알렉세이 후작의 얼굴이 수정구에 나타나자 이안은 부동자세로 예를 갖췄다.

"후작 각하를 뵙니다."

─오! 레이너 준장, 오랜만일세.

"하하! 그간 전투가 극심해서 연락드리기가 어려웠습니다."

─아닐세. 내 자네가 얼마나 부단한 노력을 하는지 아는데 어찌 탓을 하겠나. 그래 오늘은 또 무슨 소식으로 나를 기쁘게 해주려는지 궁금해지는구만.

"후후! 결코 실망하지 않으실 겁니다."

─그래? 허허! 어서 이야기해보게.

"저희 독립여단과 강습여단이 윈터폴 요새를 공취했습니다. 이에 보고를 올리는 바입니다!

─뭐, 뭐라고 했나? 그게 정말인가?

"물론입니다. 적 만이천을 죽이고 만삼천여 명을 사로잡은 대승입니다."

─오오! 두 여단의 힘으로 윈터폴 요새를 함락하다니… 정말… 자네들은 정말 이 나라 락토르의 축복일세. 하하하!

알렉세이 후작은 이안의 성공을 진심으로 축하했다. 그도 그럴 것이 이제 이안은 알렉세이 후작 자신의 라인으로 분류되는 군인이 되어버렸다. 자의는 아니지만 타의에 의해서 그렇게 분류된 셈이니 자신이 후견인 노릇을 톡톡히 해야 할 판이었다.

"그런데 한 가지 걸리는 것이 있어서 말입니다."

―응? 걸리는 거라니, 무슨 일이 있었나?

"다름이 아니라 레마겐 후작 각하 때문입니다. 실은…….."

이안은 레마겐 후작과 관련된 이야기를 빠짐없이 이야기했다. 그리고 그가 협공을 거부하고 성을 공취하고 난 후 군대를 몰고 와서 문을 열라고 협박했던 것까지 이야기했다.

―뭐 그런 썩어빠진 작자가 다 있단 말인가!

알렉세이 후작은 은은한 노기가 실린 음성으로 레마겐을 욕했다. 그가 생각하기에도 뻔히 눈에 보이는 수작질을 한 것에 열이 받은 듯했다.

"일단 요새의 정리가 끝날 때까지는 그 어떤 군대도 들이지 않는다고 해놓았습니다. 단지 이번 일로 인해서 레마겐 후작님이 해코지를 가하지나 않을까 염려가 되어서 말입니다."

―걱정하지 말게. 독립여단 따위라는 말이나 해대는 인사가 전공을 가로챌 욕심이나 부리고 말이야. 내 국왕 전하께 바로 상신하여 이번 일에 대한 책임을 물을 것일세.

"감사합니다, 각하!"

―마법 영상이나 보내도록 하게. 내 바로 대전으로 들어갈 것이니 말이야.

"네, 바로 전송하도록 하겠습니다."

이안이 군례를 취하며 매직 크리스탈에 담겨 있는 내용을 전송했다. 전송이 완료됨과 동시에 통신은 끝이 났고 그제야 이안은 빙긋 미소를 지었다.

'레마겐 후작… 당신 같은 인사가 군부에 남아 있는 것은 이 나라에 도움이 되질 않을 것 같아. 그래서 말인데… 이만 물러나야겠어.'

이안은 레마겐 후작을 어떻게 해서든 물을 먹일 생각을 굳혔다. 대영주라고 할 수 있는 후작가를 적으로 돌리는 것이 자신에게 불리하게 작용할 것은 알지만 아닌 것은 아닌 것이다. 그런 무리와 타협하고 싶은 생각은 눈곱만큼도 없었다.

"전하! 독립여단장인 이안 레이너 준장의 보고가 올라왔사옵니다."

"그런가? 후작의 얼굴이 밝은 것을 보니 좋은 소식인가 보구먼. 어서 고해보게."

"예, 전하!"

알렉세이 후작은 매직 크리스탈을 꺼내들고 근위기사에게 건넸다. 그러자 근위기사는 그것을 궁정마법사에게 건네 조사를 한 후 대전 안에 한곳에 쏘아 보냈다.

"지금 보시는 장면은 이안 레이너 준장과 커클랜드 준장이 이끄는 독립여단과 강습여단이 윈터폴 요새를 공격하는 것이옵니다."

"윈터폴 요새를 말인가? 거기는 레마겐 후작의 2군단이 공략하는 곳이 아니었나?"

"맞사옵니다. 지금 저 장면은 반란군 7사단의 기병대와 싸우는 것이옵니다."

60대의 기간트 캐러밴이 일자대형으로 달려 나가고 반대쪽에서는 1만여 필의 기마에 탄 기병사단이 돌격해 들어오고 있는 모습이었다.

"오오! 저런 식으로 기병사단을 무력화시키다니… 참으로 기발한 착상이로다!"

락토르 국왕은 이안이 기간트 캐러밴을 사용하여 기병사단을 손쉽게 물리치는 것에 무릎을 치며 감탄사를 연발했다.

"차후 아국의 전술에 수정을 가해야 할 것으로 보이옵니다, 전하!"

"그렇게 해야지. 저렇게 기병사단을 물리칠 수 있고 병사들의 피로도 줄일 수 있는 방법이 있는데 당연히 바꿔야지. 암!"

국왕은 이안의 전략전술을 살펴보며 감탄의 눈빛을 보내며 거기에 흐뭇한 미소까지 곁들였다.

"지금부터 윈터폴 요새를 공략하는 장면이옵니다, 전하!"

알렉세이 후작의 말에 국왕은 옥좌에서 바짝 앞으로 움직이며 자세를 고쳐 잡았다.

"호오! 저것은 마동포가 아닌가!"

"그러하옵니다. 신 역시 저 장면을 살펴보고 경탄을 금할 수 없었사옵니다."

"그러한가? 어디 계속 보자꾸나."

"예, 전하!'

영상은 계속해서 상영되고 마동포로 요새의 성문을 타격하는 장면에는 국왕 이하 모든 신료들이 자리를 박차고 일어나야 했다.

"오오… 저것은… 전쟁의 역사를 바꿀 장면인가 싶도다!"

국왕의 감탄사에 모든 신하들 역시 고개를 작게 끄덕이며 동감을 표시했다.

이제 농성이라는 것은 아무런 의미가 없는 행위에 불과하게 될 것이었다. 마동포를 갖추고 있다면 모를까 그게 아닌 상태에서 농성을 하는 것은 자살행위가 될 판인 것이다.

"허허허! 마동포는 가히 무적의 병기가 아닌가 싶다. 기간트들이 성문을 나서지 못하고 파괴되어 버리다니 말이야."

오로지 말을 하는 사람은 국왕뿐이었다. 나머지 신하들은 마동포의 압도적인 활약에 놀라 입을 헤벌리고 쳐다볼 뿐이었다.

"저저저… 저것을 보라! 정말 획기적인 전술이 아닌가!"

국왕은 이안이 사용한 기간트 캐러밴을 이용한 공성전을 보며 눈을 치켜떴다.

고작 2만에 불과한 독립여단과 강습여단의 병력으로 공성에 성공했다고 했을 때 쉽사리 믿어지지 않았던 부분을 이런 식으로 돌파한 이안이 너무도 미덥고 대견하게 생각되어졌다.

"이상이 독립여단과 강습여단이 윈터폴 요새를 공취하는 과정이 기록된 영상이옵니다, 전하!"

장시간의 기록이기에 밤늦은 시간에서야 영상은 막을 내렸다.

성벽을 빼앗고 그곳에서 적들의 후퇴를 이끌어낸 이안의 활약과 부하들의 역동적인 전투 능력에 국왕은 아낌없는 박수를 보냈다.

짝짝짝짝짝!

"놀랍다. 내 이안 레이너 준장이 뛰어난 장군인 것은 알았지만 이렇게 놀라운 전술을 보여줄 줄은 미처 몰랐었노라. 안 그런가들?"

"그러하옵니다. 모든 것이 전하의 홍복이시옵니다."

"감축드리옵니다, 전하!"

"허허허! 고맙군그래."

락토르 국왕은 모든 귀족들이 입을 모아서 축하한다는 말을 꺼내자 먼 곳에 있는 이안이 더욱 고맙게 느껴졌다.

"하온데… 이게 끝이 아니옵니다."

"이게 끝이 아니다? 흠… 그럼 또 뭔가 남아 있다는 소리인가?"

"그러하옵니다. 계속해서 마법 영상을 틀게."

"네, 각하!"

궁정 마법사는 두 번째 매직 크리스탈에 마나를 불어넣으며 한쪽 벽면에 투사시켰다.

"저것은 또 누구인가?"

성벽 위에서 찍은 것으로 보이는 영상 속에는 수많은 군대가 성문 앞으로 몰려오는 것이 보였다. 그리고 그중에 한 사람, 국왕이 익히 알고 있는 인물이 그 안에 등장했다.

"레마겐 후작… 저자가 왜 나오는 것인가?"

"그것이 두 여단이 어렵사리 윈터폴 요새를 함락시키자 성문을 열라고 하는 것이옵니다."

"에잉! 배알도 없는 놈이 아닌가!"

국왕은 레마겐 후작이 나타나 성문을 열라고 외치는 장면을 보고 인상을 찡그렸다.

그가 생각하기에도 레마겐 후작은 두 여단이 공격을 가할 때 아무런 움직임도 없이 지켜보기만 했던 인사였다. 그런데 공취를 하자 나타나서 입성을 하려고 하는 것은 누가 생각하기에도 뻔한 수작이었다.

"이안 레이너 준장이 보고하기를 독립여단의 주둔지는 국방성장과 최고 지휘관이신 국왕 전하 외에는 들이지 않는다고 했다고 하옵니다."

"당연하다. 독립여단은 고와 국방성의 최고 책임자인 국방성장의 명만 듣는 부대이다."

국왕의 선언에 레마겐 후작의 수작은 헛짓거리로 전락해 버렸다.

2군단장은 계급 체계상 중장이었고 준장에 불과한 이안이 대설 수 없는 계급이었다. 그러나 이번 국왕의 말로 인해서 그 어떤 군부의 인사도 이안에게 지시를 내릴 수 없게 되어버린 것이었다.

"모두 보았는가? 저것이 이 나라 락토르가 처한 현실인 게야. 모든 일에 모범을 보여야 할 고위 귀족이 하급 귀족이자 지휘관의 협력 작전을 무시하더니 나중에 그들이 성공하자 그 공적을 가로채려고 작위로 누르는 행위나 하는 것이 말이 되는가!"

락토르 국왕의 분노에 귀족들은 고개를 숙이며 아무 말을 하지 못했다.

"국방성장!"

"하명하시옵소서, 전하!"

"당장 레마겐 후작을 소환하도록 해."

"그를 말씀이시옵니까?"

"지금 저 모습을 보고도 그대로 두란 말인가?"

락토르 국왕의 말에 국방성장은 만약의 사태를 생각하며 급히 아뢰었다.

"만약 그를 벌하려고 소환하신다면 그가 무슨 일을 벌일지도 모르는 일이옵니다. 하오니 그를 소환하는 일은 나중으로 미루시고 그에게 경고를 보내는 것으로 대신하시옵소서. 그것이면 족할 것이옵니다."

"하면 성장의 말은 그자가 반란이라도 일으킬 거라는 뜻인가?"

"그것은 아니옵니다만… 헥토르 그자의 반란을 토벌하는 것을 미룰 수도 있는 일이옵고……."

여러 가지 이야기를 하는 국방성장의 설명에 락토르 국왕은 인상을 찌푸렸다.

어쩌다가 이 나라가 저런 머저리 같은 작자들의 탐욕에 의해서 좌지우지되는 것인지 모르겠다는 한탄만 속으로 할 뿐이었다.

"좋다. 성장의 의견을 수용하여 레마겐 후작에게는 경고를 하도록 하라. 그리고 만에 하나라도 독립여단과 강습여단에 무슨 일이라도 벌어진다면… 레마겐 후작에게 그 죄를 묻겠다는 고의 특명도 같이 전하도록 하라. 알겠는가!"

"명을 받들겠사옵니다, 전하!"

국방성장이 고개를 숙이며 복명하자 락토르 국왕은 찬바람이 쌩 불 정도로 분기를 풀풀 날리며 대전을 나가버렸다.

4장

내 전쟁은 여기까지야

　윈터폴 요새를 점령하고 모든 것을 장악하는데 이틀의 시간이 소모되었다. 반란군 측에서 보관하고 있었던 재물들부터 시작하여 요새 안의 식량과 병장기들을 모두 독립여단과 강습여단이 공평하게 분배하여 가지는 것으로 마무리되었다.

　"후우… 그 인간 지랄하지나 않을까 모르겠다."

　이안 때문에 이틀 동안 요새 바깥에서 대기해야 했던 레마겐 후작은 날마다 전령을 보내와 문을 열라고 안달을 해댔었다. 국왕의 경고를 받은 마당임에도 그런 것을 무시하고 나오는 레마겐 후작을 보며 이안은 싸늘한 조소를 머금었다.

"걱정 마라, 토리."

"걱정 안 하게 생겼냐. 상대는 중장이라고, 중장!"

"후후! 그래 봐야 아무것도 못해. 그나저나 다 챙기기는 한 거냐?"

"물론이다. 전마는 커클랜드 준장님이 챙기기로 했고 우리 는 부서진 기간트를 챙겼다."

부서진 젤러스를 챙긴 것은 고철덩어리가 되었어도 강철 은 강철이기 때문이었다. 드워프 일족에게 맡긴다면 고스란 히 샤베른으로 재탄생할 것이니 지금 이안에게 가장 필요한 전쟁 물자였다.

"이안 준장!"

멀리서 달려오는 커클랜드 준장과 그 휘하의 강습여단 장 교들의 얼굴에 함박 웃음이 떠올라 있었다. 2천여 필에 달하 는 준마를 얻은 터라 웃음이 나오는 것도 무리는 아니었다.

"어서 오십시오."

"흐흐! 내 자네 덕분에 기병 전력을 갖출 수 있게 되었네. 하하하!"

"후후! 축하드립니다."

"그런데 저 고철덩어리만 가져도 되겠는가?"

기간트의 마나 코어가 부서진 탓에 제대로 된 가격도 받을 수 없는 고철덩어리들이 기간트 캐러밴에 잔뜩 실리고 있었다. 샤베른을 동원하여 빠르게 싣고 있어서 금방 작업은 끝날 것으로 보였다.

"샤베른으로 다시 만들어질 겁니다. 그러니 독립여단에는 저게 더 이득입니다."

"흐흐! 내 부담이 없어 좋지."

커클랜드 준장은 동북부의 부서진 문으로 빠져나가고 있는 강습여단의 병력이 몰고 있는 전마들을 흐뭇하게 쳐다보았다.

"그나저나 여길 내주고 다음은 어떻게 할 생각인가?"

"저희들의 전쟁은 여기까지가 끝입니다. 다음은 4군단이 선전해주기를 바라야겠죠."

"4군단이라… 하긴, 레마겐 후작 같은 멍청이는 아니니까."

4군단장은 레마겐 후작처럼 탐욕과 멍청함으로 가득한 인사는 아니었다. 커클랜드 준장이 인정한 것처럼 헥토르 후작과 자웅을 결할 수 있을 정도는 되는 사람이었다.

"저는 이대로 독립여단의 주둔지로 돌아갈 생각입니다. 해야 할 일도 많고 헬카이드의 배꼽 지역도 정리해야 하니까요."

"흠! 그렇구만. 그럼 우리도 여기서 작별하도록 하세. 나는 강습여단을 이끌고 4군단과 합류할 생각이니 말이야."

"후후! 레마겐 후작의 얼굴이 보고 싶기는 한데 말입니다."

"크크크! 나도 그렇다네. 하지만 안 보는 것이 나을 걸세. 그 작자가 조금 지랄 같아서 말일세."

커클랜드 준장의 말에 이안도 동감한다는 듯이 고개를 주억거렸다. 자고로 욕심 많은 사람치고 제대로 된 사람을 찾아보기 어려운 법이니 말이었다.

"탑재도 끝난 거 같으니 이만 가봐야 할 거 같습니다. 나중에 꼭 연락드리겠습니다. 보중하십시오, 선배님!"

"그렇게 하게. 나중에 보세."

이안은 손을 흔들고 떠나가는 강습여단과 커클랜드 준장에게 짧지만 예의를 갖춘 군례를 취해보인 후 신형을 틀었다.

"모두 기간트 캐러밴에 탑승하라. 요새를 떠난다!"

"추웅!"

산산이 부서진 요새의 북동쪽 문으로부터 길게 도열해 있는 기간트 캐러밴에 병사들이 올라탔다. 강습여단은 기간트 캐러밴을 가지고 가봐야 활용할 엄두를 내지 못하여 한 대도 가지고 가지 않았다. 덕분에 이안의 독립여단은 60대의 캐러밴을 활용하여 기동력을 최상으로 올릴 수 있었다.

"토리, 준비됐냐?"

"됐다. 명령만 해라."

토리는 마지막 기간트 캐러밴의 짐칸 방호벽을 내려놓은 채 그곳에서 대기하고 있었다.

"후후! 좋았어. 출발한다! 우리 요새로 돌아가자!"

"우와아아아아!"

병사들이 우레와 같은 함성을 토해내자 이안은 선두 캐러밴을 향해 출발 신호를 보냈다. 그리고는 뒤를 돌아 토리에게 말했다.

"날려버려!"

"알았다. 마동포 발사하라!"

"마동포 발사!"

복명복창을 하며 마동포 사수들이 일제히 마동포의 격발 마법진에 손을 가져다 댔다.

후우우웅! 쿠콰콰콰콰콰쾅!

10여 문의 마동포가 일제히 발사되고 그 안에서 쏟아진 철환이 무서운 기세로 요새의 문을 향해 날아갔다.

콰쾅! 콰드드드드드등!

단 열 발의 철환이지만 그것만으로도 철저하게 파괴되어 무너지는 요새의 문을 보며 이안은 비릿한 조소와 함께 달리고 있는 기간트 캐러밴 위로 올라탔다.

"군단장님! 독립여단이 퇴각했습니다."

"그놈들이 퇴각을?"

"예, 성문을 부수길래 가보니 아무도 없었습니다."

"이런… 가보자."

"예, 각하!"

레마겐 후작은 왕궁으로부터 경고장이 날아들었음에도 이안에 대한 살의를 더욱 강하게 키우고 있었다. 감히 자신의 권위에 도전한 햇병아리에게 처절한 복수를 해주겠노라 속으로 다짐한 것이었다.

'이런… 개자식을… 으드득!'

부하들이 보는 앞이라 차마 내색하지는 못하고 있었지만 끓어오르는 분노는 요새 안으로 들어섰을 때 극에 달하고 있었다.

"아무것도 없었습니다. 벽에 박혀 있던 화살촉까지 모두 뽑아서 가버렸습니다, 각하!"

장교의 말에 레마겐 후작은 푸들거리는 볼살을 주체하지 못하고 외쳤다.

"당장 추격대를 보내라. 독립여단의 그 개새끼를 당장 내 앞에 끌고 와! 당장!"

레마겐 후작의 명령에 휘하의 장군들은 고개를 숙이며 입술을 질겅질겅 씹어야 했다. 저런 상관을 모시고 있어야 한다는 사실 자체가 너무나도 괴로운 것이었다.

"그레그 소장!"

"하명하십시오, 군단장님!"

"그대가 부대를 이끌고 그놈들을 잡아오도록! 내 소환명령을 거부한다면 명령불복종으로 즉결처분도 허락한다. 알겠나!"

"충! 명을 받들겠습니다."

그레그 소장은 이건 아니지 않나 하는 생각만 했지 레마겐 후작에게 따지지는 않았다. 저런 개 같은 인간에게 밉보여 봤자 자신도 명령불복종으로 처벌하려 할 작자인 것이다.

"기병사단은 나를 따르라!"

말에 올라탄 사단장이 먼저 앞장서서 달려 나가자 요새로 진입하던 그의 기병사단은 한쪽으로 길게 늘어서며 그 뒤를 따랐다.

"룰루루~"

콧노래를 흥얼거리며 기간트 캐러밴을 타고 이동하던 이안은 갑자기 콧노래를 중단하고 뒤쪽으로 시선을 틀었다.

'저런 개새끼들이… 정말 해보자는 건가?'

기간트 캐러밴 60대에 요새에서 챙겨온 전리품들과 고철 덩어리들을 실은 탓에 많은 수의 병력과 포로들은 걸어서 이동해야 했다. 그 덕분에 요새에서 그리 멀지 않은 곳에 와 있

는 상태였다. *

"전군! 방어대형을 갖춰라! 기간트 캐러밴을 사각대형으로 만들어!"

"추웅!"

병사들과 포로들이 가운데로 모여들고 긴 캐러밴이 성벽처럼 병사들을 감쌌다. 거의 대형이 완료되자 기병대가 접근해 왔다. 일자진으로 벌리고 언제라도 공격할 수 있는 대형을 갖춘 그들의 등장에 이안은 캐러밴의 짐칸 위로 올라섰다.

"독립여단의 이안 레이너 준장이오. 무슨 일로 기병사단이 우리 독립여단의 뒤를 쫓아온 것이오?"

이안이 묻자 기병사단의 중앙에서 금색 수실을 길게 늘어뜨린 장군이 나섰다.

"2군단 3사단장인 그레그 소장일세. 이안 준장!"

"그러시군요. 그런데 기병사단이 무슨 일로 오셨는지에 대한 대답은 없으셨습니다만."

"끄응… 레마겐 후작각하께서 이안 레이너 준장을 소환하셨네. 만약 소환에 불응할 경우 강제로라도 끌고 오라고 하시니 별 수 있겠나."

"후후! 그렇습니까?"

이안은 레마겐 후작이 막나가는 것에 실소를 머금었다. 어차피 이번 반란이 막을 내리면 레마겐 후작은 군권을 내어놓고 변경백의 자리에서도 밀려나게 될 것이었다. 그간 헥토르 후작의 반란 때문에 변경백들의 군권을 회수하는 일이 지지부진했지만 이제 상황이 달라져도 크게 달라진 판이지 않던가.

"잠시만 기다리시지요. 국방성장 각하의 훈령을 받아야 하니까요."

후웅! 징! 징! 징! 징!

마나 수정구에 불이 들어오고 마법 통신이 시작된 것을 본 그레그 소장은 휘하의 병력들이 움직이려고 하는 것을 손을 들어 제지했다.

"음? 안 막으십니까?"

"크큭! 나도 좋아서 이러는 게 아니라네. 차라리 국방성장 각하의 명령이 떨어지면 그걸 핑계로 돌아갈 수 있으니 그게 더 낫네."

"아… 그러시군요."

레마겐 후작은 탐욕스러운 돼지에 불과할지라도 그 휘하의 사단장들은 다르다는 것에 이안은 희미한 미소를 머금었다.

—국방성 마법통신실입니다. 연락한 분의 관등성명을 밝혀주십시오.

"난 독립여단의 이안 레이너 준장입니다. 지급으로 국방성장님을 연결해 주시기 바랍니다."

─레이너 준장님, 바로 연결해 드리겠습니다.

레마겐 후작과의 일 때문에 국방성은 이안의 연락이 오면 대전으로라도 연결시키라는 훈령이 떨어진 상태였다. 전쟁의 축을 바꿔버릴 정도로 대단한 무기인 마동포를 손에 쥘 수 있는 유일한 존재가 이안이었다. 그런 이안을 레마겐 후작 따위가 해코지하려고 한다면 언제라도 레마겐 후작을 쳐내고 이안을 구해야 한다는 의견이 팽배한 국방성이었다.

─국방성장 나이제르 폰 코우튼 후작일세. 소문의 이안 레이너 준장과 마법 통신을 하게 되다니, 이거 참 반갑네.

"저야말로 영광입니다, 각하!"

─허허허! 영광일 것까지야. 왕국의 젊은 영웅인 이안 준장인데 말이야. 한데 이렇게 연락을 한 것을 보면 레마겐 후작이 문제를 일으킨 것인가?

"지금 2군단 3기병 사단의 사단장인 그레그 소장께서 휘하의 부대를 이끌고 저를 잡으러 오셨습니다. 소환에 불응하면 강제로라도 연행해 오라고 명령을 내렸답니다."

─끄응… 그 작자하고는…….

국방성장은 마법 수정구 안에 비친 얼굴에 곤혹스러운 표정을 고스란히 드러내고 있었다. 아마도 국방성장과 레마겐 후작간의 어떤 연결고리가 존재하는 것으로 보였다.

―그레그 소장을 바꿔주게.

"예, 각하!"

이안이 수정구를 그레그 소장에게 건네자 그는 조용히 말에서 하마하여 이안의 앞으로 걸어왔다.

"주게."

"여기 있습니다."

"자리를 좀 비켜주겠나?"

"그렇게 하죠."

이안은 순순히 그레그 소장에게 수정구를 건넨 후 자리를 살짝 비켜주었다. 그러자 국방성장과 그레그 소장의 마법 통신이 시작되었다.

'후후! 된통 깨지는구나.'

이안은 먼거리에서도 수정구를 통해서 나눠지는 대화 내용을 다 들을 수 있었다. 수정구의 주인이 이안이었기에 조금 떨어진 곳이지만 마나의 진동을 통해서 대강의 대화를 알 수 있는 거였다.

"하아… 받게."

"어떻게 되셨습니까?"

"국방성장께서 상당히 화가 많이 나셨네. 아마도 레마겐 후작께서는 보직해임되실 거 같네."

보직해임은 국방성에서 강제로 군권을 회수하는 조치에

들어갔음을 의미한다. 변경백인 레마겐 후작이 2군단의 군단장에서 보직해임되는 사태는 그가 상당한 잘못을 했고 그에 대한 징벌적 차원에서 행해지는 처벌인 것이다.

'오히려 잘 되었다. 이참에 썩어빠진 군부의 인사들은 물갈이를 해야 해.'

이안은 마법 수정구를 돌려받으며 그레그 소장에게 애도의 뜻을 담은 군례를 취했다.

"충! 편히 돌아가시기 바랍니다. 그레그 소장님!"

"하아… 고맙네. 준장도 무사히 돌아가기를 바라겠네."

"감사합니다, 소장님!"

이안은 그레그 소장이 다시 자신의 전마에 오르며 부대를 이끌고 바람처럼 사라지는 것을 지켜보았다. 별거 아닌 상황이었다고는 해도 아군 간에 진짜로 싸워야 했을지도 모르는 상황이었기에 마음이 무거워졌다.

"전군 돌아간다!"

"와아아아아!"

일촉즉발의 사태까지 가는 것은 아닌지 걱정하던 부하들도 사태가 너무 허무하게 끝나버리자 환호성을 울리면서도 약간은 허탈해 하는 반응들이었다.

"회의를 시작하도록 하자고."

이안의 말에 임시 요새의 대회의실에 모인 주요 인물들의 얼굴은 무척이나 밝았다. 오랜만에 돌아온 보금자리이기도 하려니와 그동안 못 봤던 사람들을 모두 볼 수 있다는 것이 기뻤던 것이다.

"이제 독립여단의 본거지가 되었으니 임시요새라는 이름은 떼어내고 새롭게 요새의 이름부터 정하는 것은 어때?"

맥컬리의 발언에 모든 친구들과 좌중에 모인 인사들도 동의를 표시했다. 언제까지 임시요새라는 이름으로 부를 수는 없는 노릇이 아니던가.

"찬성!"

"나 역시."

안드레아와 티모시가 찬성을 하고 나서자 이안이 친구들의 얼굴을 일일이 훑으며 말했다.

"요새의 이름은 병사들에게 공모를 하는 걸로 하자고."

"응? 병사들에게 공모를 하자는 거냐?"

"그래. 별 거 아닌 거 같지만 그런 것이 또 의외로 병사들의 사기를 북돋는 법이거든."

"하긴… 그게 좋겠다."

"이번 회의가 끝나면 병사들이 많이 모이는 곳에다 써서 붙이도록 하라고. 총 상금은 500골드로 하고 한 열 명 정도 뽑아서 포상할 수 있도록 방식을 강구해 봐."

500골드나 되는 상금이라면 일반 병사들에게는 꽤나 큰 보상이라고 할 수 있었다.

"그렇게나 많이 주게?"

"후후! 거창하게 하는 것도 좋다고 본다만."

"으음… 뭐 여단장님께서 그러시다는데 대령이 무슨 할 말이 있겠냐. 그렇게 하마."

안드레아의 대답에 이안은 빙긋 미소를 지으며 다음 안건으로 넘어갔다.

"다음 안건은 포로들에 대한 거다. 이미 국방성의 훈령이 내려왔지만 반란이 종식되면 저놈들 모두 노예로 팔려 나가게 될 거다."

"그거야… 에휴… 불쌍한 새끼들…….''

"그래서 하는 말인데 저놈들 우리가 빼돌릴 수 있을 만큼 빼돌리는 게 어때?"

"저놈들을?"

"자그만치 일만이천이다. 그 숫자 중에 절반만 빼돌려도 우리 독립여단의 병력이 2만에 육박하게 된다는 것을 잊지 마라."

지난 전투를 통해서 독립여단의 병력은 2천 정도가 줄어든 상태였다. 제아무리 대승을 했어도 죽어나간 병력이 없는 것은 아니었다. 특히 적의 원거리 공격에 많은 노예병들이 죽어나간 것이 컸다.

"어떻게 하려고? 이미 보고는 됐고 중간에 빼돌리는 것은 문제가 발생하지 않을까?"

안드레아의 물음에 이안은 고개를 저었다.

"문제될 것은 없어. 전투행정법에 보면 전시 징집에 관한 권한은 중령 이상의 계급을 가진 지휘관이라면 누구나 시행할 수 있으니까."

편법이기는 해도 적군을 아군으로 재징집하는 것이라 문제될 것은 없었다. 특히 헥토르 후작의 반란군이 막바지까지 몰린 상황에서 포로가 된 자들도 더 이상 그의 반란이 성공할 거라 믿지 않는다는 점도 크게 작용할 것이었다.

"노예가 되느니 독립여단의 신병으로 재징집되는 편이 저들에게도 나은 선택이 될 거야. 그리고 마동포가 우리에게 있는 한 왕궁은 우리를 건드리지 못해."

이안의 강한 어조의 말에 친구들은 그의 말이 맞다는 것을 새삼스레 느꼈다. 마동포라는 먹음직한 먹이를 삼키기 전까지 독립여단은 국왕도 건드리지 않을 것이었다.

"안드레아 네가 회유작업을 맡아라. 부사관 출신 장교들을 동원하면 어느 정도는 넘어올 거다."

"알았다. 그건 내가 맡도록 하지."

가장 차분한 안드레아가 이번 일에는 적임이었다. 특히 부사관 출신의 장교들까지 나서서 거든다면 헥토르 후작의 반란이 실패할 것이 자명한 지금이라면 충분하고도 넘칠 것이었다.

"그 문제는 그렇게 하기로 하고… 다음은 상단에 관련된 사안인데……."

이안이 말을 끄는 것을 본 샤르딘 아보트 준남작이 손을 들어 발언권을 요구했다.

"말씀하세요."

아보트 준남작은 윌링턴 백작가의 가신으로 정확하게 말하자면 객장의 신분이었다. 그런 그가 이 자리에 있을 수 있는 이유는 처음부터 함께 했다는 이유이지 그 이상의 의미는 없었다.

"우리 상단에 맡겨주지 않겠습니까? 사심 없이 독립여단과 드워프 일족을 위해서 최선을 다하겠습니다."

"흐음……."

이안은 아보트 준남작의 눈을 똑바로 직시했다. 눈은 마음의 창이고 진실을 이야기할 때는 그 어떤 때보다 초롱초롱한 눈빛을 보인다는 것은 누구나 아는 사실이 아니던가.

"좋습니다. 하지만 윌링턴 백작가의 가신이기에 아보트 준남작을 100% 신뢰할 수는 없다는 거 잘 아시리라 믿습니다."

"알고 있습니다. 하지만 저는 상인입니다. 상인은 이득을 위해서라면 무슨 일이라도 할 수 있습니다. 그것이 신의를 저버리는 행위가 아니라면 말입니다."

"그렇게 말씀하시니 일단은 믿겠습니다."

"감사합니다. 레이너 자작님."

아보트 준남작은 이안을 여단장이 아닌 자작으로 칭했다. 그가 본 독립여단은 이안의 사병 성격이 강했고 헬카이드의 배꼽을 근거지로 하여 새롭게 일어나는 세력이라 여기고 있었다. 하여 대외적인 관직인 준장이라는 계급이 아닌 귀족으로서의 작위로 부르는 거였다.

'포로의 처리문제… 상단에 관한 거… 다음은… 그걸 처리해야겠군.'

이안은 시급히 처리해야 할 문제들 가운데 가장 시급하게 처리해야 할 문제 중의 하나를 떠올렸다.

'내가 하사받은 영지는 헬카이드 산맥의 남단 부분부터 시작하여 40평방킬로미터 정도니까…'

제법 넓은 영지라고 할 수 있었다. 하지만 그 안에 살아가는 영지민이 별로 없다는 것은 아주 커다란 문제라고 할 수 있었다. 영지민이 없어도 세금은 꼬박꼬박 내야 하고 자신의 군대라고 불러야 할 독립여단의 군비도 부담해야 할 판인 것이다.

"다음은 사적인 이야기이니 촌장만 있어도 되겠군."

"사적인 이야기라니? 혹시 네가 하사받은 영지에 관한 거냐?"

토리의 물음에 이안은 고개를 끄덕이며 대답했다.

"맞아. 내 영지라고 하사받은 땅에 사는 사람이 별로 없잖냐. 리갈 마을을 비롯해서 10여 개의 마을이 전부인데 말이야."

리갈 마을은 그나마 이안의 독립여단에 소속되어 살았기에 상관없지만 다른 마을들은 문제가 아주 심각했다. 반란의 여파로 장정들은 모두 강제로 징집되어 끌려갔고 굶고 있는 사람이 대다수일 것이 분명했다.

"네 영지민들이지만 반란군에 의해서 피해를 입은 사람들이다. 그러니까 우리 독립여단이 개입해도 될 거라고 보는데, 아니냐?"

토리의 물음에 이안도 곰곰이 생각해 보았다. 반란군 때문에 피해를 입고 고통 중에 있는 백성들을 군이 나서서 구휼하는 것이 잘못된 일은 아니라는 판단이었다.

"그것도 그렇겠다. 토리 너는 어떻게 했으면 좋겠냐?"

"내 생각대로라면 일단 사람들을 한곳으로 모으는 것이 낫다고 본다."

"한곳으로 모으자고?"

"그렇지. 그래야 관리하기도 편하고 만약의 사태에 그들을 보호할 수 있으니까 말이야."

"한곳으로 모은다라……."

사람들을 한곳으로 모아서 살게 하려면 지리적인 입지조건이 여럿 있었다. 첫째 물이 있어야 하고, 몬스터가 우글거리는 세상에서 최소한의 안전을 보장받을 수 있는 곳이라는 것이 두 번째 조건이었다.

"저기… 제가 말을 해도 될려는지요."

리갈 마을의 촌장도 끝자리에 배석하고 있다가 슬며시 손을 들었다. 워낙 다들 쟁쟁한 사람들만 있었기에 마을의 촌장이라고 해도 주눅이 드는 것은 어쩔 수 없는 현상이었다.

"말을 하게."

이안은 이제 자작의 신분이 된 탓에 촌장으로서도 상대하기 어려운 사람이 되어버렸다.

"감사합니다요. 저기 마을을 만드실 거라면 꽤 좋은 곳이 있습니다요."

마을이 들어서기에 좋은 곳이라는 말에 이안은 촌장에게 계속 설명해 보라는 눈빛을 보냈다.

"자작님이 처음 계셨던 곳에서 남서쪽으로 리오스 강을 따라 내려가면 5km정도 가면 나오는 곳입니다요."

"그곳이라면… 10639백인대가 주둔하던 곳이로군."

"그렇습죠. 그곳에 꽤 넓은 평지도 있고 작은 도시가 들어서도 될 정도 큽니다요."

이안은 설명을 들으며 지도를 보았다. 10639백인대가 주둔하던 주둔지 근처에는 작은 마을들도 있었는데 지금은 반란군 때문에 풍비박산이 난 상태였다. 그곳을 중심으로 하여 영지를 꾸린다면 제법 그럴싸한 영지가 만들어질 것도 같았다.

'독립여단이 맡은 구역이 내 영지와 헬카이드 산맥, 그리고 가장 핵심적인 드워프 마을인데…….'

헬카이드의 배꼽에서 너무 많이 떨어져도 문제고 너무 가까워도 불편한 형상이 되어버린다. 그것을 감안하여 도시를 만든다고 했을 때 촌장의 말대로 하는 편이 좋겠다는 판단이 섰다.

"좋아. 촌장의 말대로 그곳에 성을 쌓는 작업을 하도록 하지."

"응? 성을 쌓는다고?"

"왜? 성을 쌓으면 안 되는 거냐?"

"그런 말이 아니잖아. 성을 쌓는데 들어가는 비용이 어디 한두 푼이어야지. 너 돈 많아?"

토리의 쏘는 듯한 말투에 이안은 빙그레 미소만 지어 보였다.

"토리야."

"왜?"

"이안 저놈 저거 아주 부자다. 그것도 떼부자!"

맥컬리의 말에 토리는 이안을 돌아보다 한 가지 생각나는 것이 있었다.

"아… 기간트만 팔아도 부자가 되겠구나……. 그럼 성을 지어야지 아무렴!"

토리도 성의 중요성을 잘 알고 있었다. 마동포가 있을 때 성까지 갖추고 있다면 그건 그 누구도 뚫을 수 없는 철옹성이 된다. 백성의 안전을 최우선으로 해야 할 영주라면 성은 필수 불가결한 요소였다.

"일단 티모시 네가 부대원들 이끌고 마을들을 돌아라. 모두 모아와야 할 거야. 일단 내 영지의 영지민들이 된 것이니 반란군 놈들한테서 지켜야 하는 거니까."

"알았다. 그건 내가 맡으마."

"내가 아이언핸드 님께 부탁해서 도시를 설계해 달라고 할 테니 그것에 맞춰서 해보자고."

"흐흐! 내 손으로 도시를 다 만들어보겠구나. 멋진데?"

"내 말이 그거라니까. 도시라… 흐흐흐! 도시!"

친구들은 도시를 새롭게 만든다는 것에 뭔가 원대한 꿈들을 꾸기 시작했다. 이전까지는 막연하게 살아남기 위해서 발버둥을 쳤다면 이제는 발전을 위해서 노력한다는 것에 기쁨이 넘치는 것이었다.

"그리고 제니스!"

"네, 주군!"

"제니스가 내 첫 번째 기사야. 그러니까 영지군을 꾸려봐."

"네? 그, 그게 정말이십니까?"

"물론이지. 제니스의 실력이야 모두가 아는 사실이고 어려울 때 나를 따른 사람인데 그 정도의 보상은 해줘야지."

"감사합니다, 주군!"

제니스가 고개를 숙이며 감격해 하자 이안의 친구들은 당연한 일이라며 박수를 쳐주었다.

"그러니까 나에게 도시를 설계해 달라는 말인가?"

"그렇습니다. 제 영지인데 성 하나는 있어야 할 거 같아서요. 후후후!"

"흐흐! 이안 자네의 영지라… 내 아주 멋진 성으로 설계해주지."

이안이 갑자기 찾아와 하는 부탁에도 아이언핸드는 아주 기꺼워하며 부탁을 수락했다. 그는 거기서 그치지 않고 일족의 드워프들을 향해 소리를 질렀다.

"전부 모여 봐!"

"네? 무슨 일이 있는 겁니까, 족장?"

"왜 바쁜 드워프 부르고 그래요. 아무 일도 아니기만 해 봐."

드워프들은 작업을 중단하고 아이언핸드와 이안이 이야기 나누는 곳으로 달려왔다.

"안녕들 하십니까. 하하하!"

"오! 이게 누구야, 우리 일족의 친구 이안이잖아."

"어서 오라고. 내 안 그래도 마나 코어를 부탁해야 했는데 잘 됐군. 나, 마나 코어 좀 만들어주게."

드워프들의 와자지껄한 음성에 이안은 활기찬 기운을 받으며 그저 웃었다.

"모두 조용!"

"……."

족장의 카리스마 넘치는 음성에 떠들어대던 드워프들이 일제히 입을 닫고 그의 눈치만 살폈다.

"이번에 이안이 자작이라는 귀족이 되었다. 그리고 영지를 받았는데 거기다 성을 짓는다고 한다. 그래서 도움을 줄 수 있는 놈들의 지원을 받는다."

"성이요? 그 돌로 쌓아 만드는 그 성을 말하는 거 맞습니까?"

"그렇다니까."

"흐흐! 그럼 제가 솜씨 좀 뽐내보도록 하죠."

"무슨 소리. 너의 그 허접한 솜씨로 성을 만들면 금방 허물어지고 말거야. 나 정도는 되어야지. 내가 하겠소, 족장!"

"적임자는 나지. 내가 한다니까!"

드워프들은 자신들이 서로 하겠다며 나섰다. 인간들의 성을 만드는 것은 자신들의 예술혼을 불태울 수 있는 또 하나의 기회이고 보니 그들은 아무런 대가없이 서로 하겠다고 자원하는 거였다.

"쯧쯧! 보금자리를 만들 때는 서로 안 하겠다고 미루더니만… 에잉!"

아이언핸드는 부족원들의 행동에 혀를 차며 쾌씸해했다. 헬카이드의 배꼽에 만들어진 보금자리는 진짜 어렵사리 만들어졌는데 그 이유가 서로 자신의 샤베른을 만들겠다고 나서는 놈들이 없어서였다.

"아참! 드릴 것이 있는데 물건을 쌓을 곳이 있겠습니까?"

"물론일세. 이리로 오게."

이안이 준다는 물건이 무엇인지 모르지만 기대에 찬 눈빛을 하는 아이언핸드가 한쪽 공터로 이안을 데리고 갔다. 그러는 동안에도 모여 있는 드워프들은 서로 성의 설계를 맡겠다며 설전을 벌이고 있었다.

"아공간 가방 오픈!"

후웅! 지이잉!

아공간 가방이 열리고 작은 블랙홀이 생성되었다. 그러자 이안은 그 안에 들어 있는 것들은 공터에 차곡차곡 쌓기 시작했다.

"오~ 이, 이것은……."

아이언핸드는 이안이 꺼내놓은 물건 중에 하나를 보고 침을 줄줄 흘리며 감동의 눈물을 흘렸다.

'훗! 그렇게나 좋을까.'

이안은 자신이 꺼내놓은 물건들, 즉 밀포대와 각종 부식들을 진즉에 가지고 올 것을 하며 미안해했다.

5장

본격적으로 개발해 보자고

　드워프는 태생적으로 맥주를 좋아하는 걸로 알려져 있었
다. 그저 말로만 그러는 것은 아닌가 생각도 했지만 지금 눈
앞에서 벌어지는 사태에 이안은 그것이 맞다는 것을 인정해
야 했다.

　"꿀꺽! 꿀꺽! 캬아~"

　"좋구나~ 으흐흐흐!

　드워프들은 오크목으로 만들어진 맥주통을 붙잡고 연신
맥주를 들이켰다. 다른 물건들은 안중에도 없어 보였고 오로
지 맥주만이 그들에게는 세상의 전부인양 행동했다.

"자네! 이렇게 좋은 걸 왜 이제야 가져다주는 건가! 응? 캬아~ 이 쌉싸래한 맛과 향이라니… 으흐흐흐!"

아이언핸드도 체면이고 뭐고 다 집어던진 채 오크통을 부여잡고 맥주를 들이부었다.

"후후… 이거야 원……."

이안은 어이가 없어서 그저 헛웃음만 흘리다가 어느 정도 욕심을 채운 아이언핸드가 오크통을 놓자 다가갔다.

"이제 그만 드셔도 되겠습니까?"

"흐흐! 물론일세. 지금이 딱 좋아, 딱!"

약간 오버스런 액션을 취하는 것을 보면 기분 좋게 취기가 올라온 상태로 보였다.

"성의 설계와 함께 진행할 것이 또 있습니다."

"응? 뭐가 또 있는가?"

"헬카이드의 배꼽을 점령하는 겁니다. 해서 샤베른과 마동포의 숫자를 더 늘리셔야 할 겁니다."

"흠… 뭐 그거야 언젠가는 해야 할 문제였으니 지금 하더라도 상관은 없겠지. 한데 우리가 채굴하는 마나석이 모자라지 않겠나?"

하루에 많이 캐내도 마나석이라는 것이 무한정 쏟아져 나오는 물건이 아닌 것이다. 하루에 많아야 40여 개 정도의 마나석이 채굴되는데 그걸로는 샤베른과 마동포의 가동에 쓰일

양에도 모자랐다.

'하긴 삼국이 마나석을 수출해 주는 조건으로 이 땅을 강철의 모루 일족에게 양보한 것이니… 조만간 그들도 상단을 보내오겠지.'

새롭게 성을 짓고 영지민을 끌어모으자면 돈이 상당히 많이 필요했다. 도시를 새롭게 건설하는 것은 드워프와 병사들의 힘으로 할 수 있는 것이 아니었다. 적어도 수만 명이 넘는 대규모의 노동력이 필요로 했고 그들을 고용하려면 돈은 필수적으로 필요한 자원이었다.

'일단 던전에 보관되어 있는 인공 마나석을 활용하고 광산에서 채굴되는 것은 삼국에 넘겨서 자본을 마련해야겠다.'

강철의 모루 일족으로 인해서 이안은 마나석 광산을 통째로 집어삼키는 것에 성공했다. 이 자본을 바탕으로 얼마만큼의 성장을 할 수 있는지는 자신의 역량에 달려 있다고 할 것이었다.

"아레나의 던전에 있는 인공 마나석을 사용할 생각입니다. 그러니 앞으로 채굴하는 마나석은 모두 저장해 놓으십시오."

"인공 마나석을 말인가? 그거 세상에 알려지면 무척이나 위험한 물건이라면서?"

"그렇긴 하지만 언제까지 감춰둘 수는 없으니까요. 사용할 수 있을 때 사용해야죠."

"흐흐! 하긴, 그것도 그렇네. 자네 말대로 하지."

아이언핸드의 대답에 이안은 이곳에서 해야 할 것은 다 처리했다고 생각하고 아레나의 던전으로 발걸음을 옮겼다.

"아웅! 주인이다~"

휘이익! 퍼억!

"이크!"

저돌적으로 달려와 안기는 에일리의 육감적인 몸을 받아든 이안은 그저 흐뭇한 미소만 지었다.

"주인 나쁘다. 에일리 보고 싶지 않았다."

"이런… 그런 게 아니야, 에일리."

"거짓말 나쁜 거다. 에일리는 매일매일 주인 보고 싶어서 가슴이 아팠는데. 칫!"

이제는 투정까지 부릴 줄 알게 된 에일리의 발전에 이안은 그저 말없이 그녀의 등을 쓰다듬어주었다.

'그나저나 이 로브도 많이 낡았네.'

수인족이다 보니 로브를 입고 벗는 것에서도 상당히 거칠게 다뤘는지 여기저기 찢어진 곳이 보였다. 그 틈으로 드러나는 뽀얗고 부드러운 살결이 무척이나 눈길을 잡아끌었다.

"주인, 에일리 혼자 두지 마라. 혼자 있으면 너무 외롭다."

"그래, 알았다. 후후후!"

에일리는 외로움을 부쩍 타는지 그렁그렁한 눈망울에 습기를 가득 채운 상태로 이안의 가슴에 볼을 부볐다.

'수인족을 데리고 와야 하려나……'

수인족은 제법 많은 수의 노예가 인간들에 의해서 거래되고는 한다. 운 때만 맞는다면 그리 오래 걸리지 않아서 수인족 노예를 사들일 수도 있을 것이었다.

─마스터, 오셨나요.

아레나 역시 이안이 오랜만에 온 것을 타박하는 듯한 음성으로 맞이했다.

"후후! 그간 잘 있었어?"

─물론이죠. 에고에 불과한 제가 잘 있어야지 어쩌겠어요. 흥!

아레나의 삐친 듯한 음성에 이안은 이게 인간인지 에고인지 모르겠다는 듯이 고개를 가로저었다.

"하하! 미안. 다음부터는 자주 찾아올게. 그러니 너무 그러지들 말라고."

─흥! 믿어보겠어요. 약속을 안 지키면 마스터라고 해도 문도 안 열어줄 테니 그리 아세요. 흥흥!

"후후후! 그나저나 마계에서 반응은 어때?"

─마스터께서 제파스를 제거한 이후로는 마계에서의 이상 징후는 느껴지지 않아요. 마나도 상당히 많이 소모해서 여유

도 있구요.

이안이 차원의 틈새를 여는데 소모한 마나 덕분에 이계의 운석에 저장된 마나도 절반 이하로 줄어 있었다. 그 탓인지 상층부로 풀려나가는 마나가 없어져서 몬스터들의 반응도 이전과는 판이하게 달라진 상태였다.

'현재로서는 모든 것이 순조롭구나.'

모든 것이 순조롭다고 해도 마냥 손 놓고 있는 것은 미련한 짓이었다. 앞날을 대비해야 미지의 위험이 닥쳤을 때 그것을 막아낼 수 있으니 말이었다.

'가디언을 더 늘려야 하는데… 그러려면 수인족을 사들이는 것이 나을지도 모르겠다.'

비록 던전의 가디언이 되는 것이지만 아레나의 던전에서 안전하게 살 수 있는 것도 그들에게도 나쁜 선택은 아닐 거라고 생각했다. 그리고 그들이 이곳에 뿌리를 내리게 된다면 먼 미래에는 또 다른 수인족만의 땅이 생겨날 수도 있을 것이었다.

"아레나, 인공 마나석을 반출해야겠어."

─인공 마나석을요? 얼마나 반출하실 건가요?

"일단 300개를 꺼내가도록 하지."

─알겠습니다. 바로 준비해 드릴게요.

아레나는 비행원반을 이용하여 인공 마나석이 담긴 상자

를 이안에게 건네주었다. 바로 아공간 가방에 집어넣은 이안은 이 인공 마나석을 활용하려면 아레나의 던전에 자주 왔다 갔다 해야 한다는 것을 떠올렸다.

"아레나!"

—네, 마스터.

"이곳에 이동 마법진을 설치할 수 있을까?"

—이동 마법진을요? 물론 가능해요.

"그럼 간편하게 이동 마법진을 만들어서 내가 가지고 다니고 이곳에는 대응 마법진을 만들어야겠군."

—대응 마법진은 레이첼 님께서 만들어놓으신 다용도 마법진이 있으니 그걸 사용하면 될 거예요.

"다용도 마법진?"

—네, 텔레포트와 메쓰 텔레포트, 그리고 워프 마법에 대응할 수 있도록 만들어진 다용도 마법진이에요.

"그래? 안내를 해주겠어?"

한 번도 보지 못했던 다용도 대응 마법진이라는 것에 이안은 호기심이 일었다. 그 마법진을 살펴보면 더욱 다채로운 마법진을 만들어 낼 수도 있겠다는 느낌이었다.

—이곳이에요, 마스터!

"수고했어."

이안은 마법진이 만들어진 새로운 공간에 들어간 후 그 마법진을 살펴보았다.

'상당히 고차원적인 마법진이로군.'

텔레포트 마법진만 해도 10여개가 넘는 마법룬어와 그것을 연결하는 연결선들로 복잡했다. 그런데 이 마법진은 텔레포트와 메쓰 텔레포트, 그리고 7클래스의 마법인 워프 마법진에 대응하는 것들이 유기적으로 연결되어 그려져 있었다.

'저건 공간을 뜻하는 스파르 문자고… 저것은……'

이안은 마법진을 살피며 불필요한 문자를 제거하고 최소한의 룬문자만 새겨넣은 것에 감탄했다. 물론 그렇다고 해도 40여개 이상의 룬문자와 도형들, 그리고 수식을 뜻하는 것들이 들어가 있는 탓에 결코 쉽게 볼 것은 아니었다.

'이걸 이런 식으로도 쓸 수 있구나… 대단한 걸… 공간을 연결하는 수식을 이렇게 단출하게 만들 수도 있다니.'

이안은 레이첼의 마법 수식을 보며 감탄에 감탄을 거듭했다. 그리고 그 마법 수식에 깊숙하게 빠져드는 것을 자신도 모르고 있었다.

'공간이라… 한없이 자유로운 공간… 그 공간을… 웃!'

이안은 공간에 대한 고찰을 해나가다 갑작스럽게 찾아오는 깨달음에 정신을 잃어버렸다. 쏟아져 들어오는 수많은 뭔가 이해할 수 없는 것들이 하나씩 깨달아지고 그것들이 연쇄반응을 일으키며 새로운 것들로 다가왔다.

"으으… 어떻게 된 거지?'

이안은 깨달음이 너무 불현듯 찾아온 것에 스스로도 당황스러웠다. 그러나 이전에는 알지 못했던 새로운 공간에 대한 자각에 온몸을 부들부들 떨며 희열을 만끽했다.

"아아… 그런 것이었구나……. 후후!'

이안은 심장의 마나로드에 한 개의 고리가 더 늘어나 있고 그 덕분에 마나가 비약적으로 증가한 것을 느낄 수 있었다.

'드디어 6서클인가?'

서클이 낮아도 한 등급 위의 마법은 사용할 수 있었다. 반대로 마법에 대한 깨달음이 낮다면 서클이 높아도 한 등급 아래의 마법을 제대로 사용할 수 없을 수도 있다. 물론 서클은 깨달음을 전제로 늘어나는 것이기에 그럴 일은 극히 드물겠지만 말이었다.

─6서클에 오른 것을 축하드립니다, 마스터!

아레나는 이안이 갑작스럽게 깨달음을 얻어 6서클에 오르려 하자 급히 문을 봉쇄하고 이안이 진정되기를 기다렸다. 그러다 이안이 깨어나 마나로드를 확인하자 그 진동을 느끼고 급히 축하의 인사를 건네 왔다.

"후후! 고마워. 이게 다 아레나가 레이첼 님의 마법진을 보여줘서 가능했어. 진짜 고마워, 아레나!"

─호호! 별 말씀을 다하시네요. 저는 언제나 마스터의 편인
걸요.

"역시 아레나밖에 없다니까."

아레나는 이안의 감사인사에 호들갑을 떨며 즐거워했다.
에고인 탓에 스스로 생각할 수 있고 감정도 느낄 수 있는 존
재이기에 가능한 것이었다.

'가만… 공간의 검술… 공간은 마법에 국한된 것이 아니거
늘…'

이안은 이번에 깨닫게 된 깨달음이 마법에 국한된 것이 아
닌 검술에도 적용되는 거라는 것을 다시 한 번 깨달을 수 있
었다.

─마, 마스터?

아레나는 깨달음에서 벗어나 새로운 적응에 들어가야 할
이안이 또 다른 깨달음으로 빠져들자 급히 이안을 불렀다. 그
러나 이미 그녀의 음성은 들리지 않았고 이안은 새롭게 깨달
은 마법적인 깨달음을 바탕으로 검술에 대한 깨달음을 이끌
어 내고 있었다.

─하아… 마스터는 못 말려.

아레나는 이안을 방해하지 않기 위해서 빗장을 풀었던 문
에 다시 빗장을 채우며 은밀하게 방어에 나섰다.

"아웅! 주인은 언제 나오지? 아레나 심심하다."

아레나는 에일리의 투정에 급히 그녀를 조용히 시켰다.

─에일리! 마스터의 깨달음을 방해하면 안 돼. 그러니까 조용히 기다려야 한다. 알았어?

"우웅! 그래두."

에일리는 오랜만에 찾아와서 놀아주지도 않는 무정한 주인에게 원망 어린 눈빛을 보내며 바닥에 주저앉아 버렸다.

기잉! 스르릉!

굳게 닫혔던 문이 열리자 에일리는 바닥에 낙서를 하던 것에서 벗어나 고개를 번쩍 치켜들었다.

"주인이다!"

에일리는 주인의 모습이 눈에 들어오자 그대로 지면을 박차고 앞으로 튀어나갔다.

"주이인~"

에일리의 날렵한 육체가 공중을 가르며 날아들었다. 막 깨달음에서 벗어난 이안은 자신도 모르게 날아드는 에일리의 육체를 받아들었다.

"어이쿠!"

"아웅! 주인 이상해."

"응? 뭐가?"

"아무것도 안 입었어. 근데 더 좋아. 헤에!"

이안은 에일리의 말에 자신의 상태를 점검했다.

'이, 이런!'

공간에 대한 깨달음을 얻으면서 가지게 된 또 한 번의 도약
이 가져다 준 선물이었다. 바로 육체의 재구성, 그것으로 인
해서 입고 있던 군복이 고스란히 사라져 버렸고 바닥에서는
지독한 악취가 올라오고 있었다. 거기다 피부가 몇 차례 벗겨
진 탓인지 에일리의 살결보다 훨씬 부드럽고 촉촉한 피부에
자신도 모르게 놀라고 말았다.

'이, 이놈이 왜 지금 발작이야…… 으흑!'

에일리의 부드러운 육체를 안아들고 있는데 느닷없이 들
고 일어나는 한 놈의 반란에 이안은 입술을 질겅 깨물었다.

'참아야 하느니… 참아야…….'

이안은 불충한 놈의 반란을 진압하기 위해서 쉴 새 없이 6
클래스 마법 수식을 암기했다.

"주이인!"

"응? 왜, 왜 그러느냐, 에일리?"

"얘가 내 배를 찔러. 왜 그러는 거야?"

"응? 아… 하하… 아하하하! 그, 그게 그러니까… 깨달음을
얻어서 그런 거야. 뭐, 그런 거지. 응, 그런 거고말고."

"그런 거야? 우웅… 그렇구나. 난 또 주인도 나처럼 꼬리가
생겼는 줄 알았지 뭐야. 헤에!"

너무도 천진난만하게 반란을 일으킨 흉악한 놈을 붙잡는 에일리의 만행에 이안은 급격하게 달아오르는 무언가를 느껴야 했다.

"으윽… 하아아……."

이안은 길고 긴 한숨을 내쉬며 급히 몸을 일으켰다. 이대로 있다가는 원치 않는 사고를 칠지도 모를 일이기에 옷부터 걸치고 보려는 거였다.

"아공간 오픈!"

아공간 가방을 급히 열고 그 안에 들어 있는 군복을 꺼내서 챙겨 입은 이안은 바닥에 떨어져 있는 물건들 가운데 챙길 수 있는 것들을 서둘러 수습했다.

'에일리를 위해서라도 수인족 노예들을 사와야겠다. 후우…….'

이안은 혼자서 놀고 있는 에일리의 안쓰러운 모습에 고개를 가로저으며 아레나의 던전에서의 일과를 마무리했다.

"이안 자작님!"

"아! 어서 오세요. 아보트 준남작님."

하대를 해야 마땅한 일이지만 아직 윌링턴 가문의 가신의 신분을 지니고 있기에 귀족으로서 대우를 해주고 있었다.

"요청드릴 일이 있어서 찾아뵀습니다."

"요청이요? 흠… 말씀해 보세요. 들어드릴 수 있는 일이라면 들어드릴 테니."

"다름이 아니고 리오스 강의 수운을 열어야 하는데 상단의 힘만으로는 어려워서 말입니다."

리오스 강은 헬카이드 산맥에서 발원하여 락토르 왕국을 관통하는 거대한 강이었다. 강을 따라서 선박들이 오가며 상행을 했었는데 이번에 반란이 일어나며 북부 지역의 운송길이 막혀 버렸었다.

"반란군이 아직도 극성인가 보군요?"

"이제는 반란군이라 칭하기에도 어려운 지경입니다. 헥토르 후작이 요새에 처박혀서 나오지 못하니 낙오한 반란군들은 이제 군인이 아니라 수적이 되어버린 상황입니다."

"음… 수적이라……."

수적이라는 말에 이안은 미간을 좁혔다. 군인이 수적이 되어버렸다면 문제가 심각하게 변했다는 것을 알 수 있었다.

"왕국군은 수적들을 그대로 놔두고 있는 겁니까?"

"그건 저도 잘 모르겠습니다. 상단의 일을 하기 위해서 숨겨뒀던 캐릭선을 타고 내려가는데 갑작스럽게 공격을 해 와서… 아무튼 구사일생으로 살아 돌아온 겁니다."

"으음……."

이안은 리오스강의 수운이 열리지 않으면 무척 많은 사람들이 고통에 휘말린다는 것에 초점을 맞췄다.

'수적들이라… 그래, 모두 쓸어버리는 것이 좋겠다.'

이안은 수적으로 변한 반란군을 쓸어버리고 그들을 모두 노예로 만들어 버릴 생각을 굳혔다. 일손이 모자란 지금 시점에서 그들을 노예로 잡아서 부린다고 해서 자신을 탓할 수 있는 사람은 없을 것이니 말이었다.

"언제 다시 갈 생각입니까?"

"준비가 되면 내일이라도 다시 떠나야 할 상황입니다. 상단을 너무 오래 비워둔 탓에 이만저만 일이 쌓인 것이 아니라서요."

"그렇군요. 그럼 내일 출발하는 걸로 하고 그에 맞춰서 준비를 하도록 하죠."

"아! 그럼 레이너 자작님께서 직접 가시는 겁니까?"

"물론입니다. 수적들로 변한 그놈들을 제압하는 것도 이 나라의 군인이 해야 할 일이니까요."

"하하! 이거 너무 감사해서 어떻게 해야 할지 모르겠군요. 바로 준비하도록 하겠습니다. 하하하!"

아보트 준남작이 준비한다고 나가자 이안은 배에서 사용할 수 있는 무기, 즉 마동포를 이용해서 수적들을 쓸어버릴 생각을 하며 그에 맞는 작전을 준비하기 시작했다.

"장군! 반란군이 나타났습니다!"

캐릭선의 견시수가 깃발을 흔들며 외쳤다. 그의 외침에 선장실에 있던 이안이 바깥으로 나섰다.

"몇 척인가?"

"모두 세 척입니다."

"세 척이라… 이 좁은 강가에서 제법이군. '

헬카이드 산맥의 발원지에서 100여 킬로미터 떨어진 곳까지 나와서인지 리오스 강의 폭은 100여 미터까지 넓어진 상태였다. 거기에 배가 지날 수 있도록 깊은 수심을 유지하고 있어서 최상의 운송길이 되어주었다.

"맥기!"

"네, 주군!"

소위로 진급한지 얼마 되지 않아서 특별진급으로 중위가 되어 있는 맥기는 이안을 주군으로 따르고 있었다. 이전에는 이익을 쫓아 주종 간이 되었다면 이제는 완벽하게 마음으로 따르는 주종 간이 되었다는 것이 다른 점이었다.

"마동포를 준비하도록!"

"명!"

맥기는 다른 이들보다 자신을 믿고 명령을 내려주는 주군이 좋았다. 지금 배에는 이안의 첫 기사인 제니스까지 타고 있는데 자신에게 맡겨준다는 것 자체가 은근히 기분 좋은 것이다.

"전방 포대는 발사준비를 갖춰라!"

"충!"

포수들은 이전의 요새 함락전 때 받은 피해 때문에 많은 수가 바뀌어 있었지만 그만큼 교범도 쌓인 탓에 대부분의 포격 기술은 습득하고 있었다.

"1번 포대 준비 끝!"

"2번 포대……."

각 포대의 준비완료 복창에 맥기는 조타수 바로 옆에 서 있는 이안에게 뒤로 돌며 보고했다.

"준비 끝났습니다, 주군!"

"대기하도록!"

"명!"

맥기는 언제라도 포격을 가할 수 있도록 만전을 기하며 전방을 노려보았다.

─나는 1군단 소속의 휴고 플레어 대위다. 잠시 문정을 할 것이니 배를 멈춰라!

1군단 소속이라고 뻔뻔하게 외치는 적을 보며 이안은 싸늘한 살소를 머금었다. 저런 식으로 얼마나 많은 백성들을 괴롭게 했을지 안 봐도 훤히 보이는 듯했다.

"속도를 늦춰라."

"장군님의 명령이시다. 속도를 늦춰라!"

돛을 내리고 서서히 속도가 줄어드는 캐릭선이 강의 중앙에 서자 세척의 전투용 캐릭선이 다가왔다. 복장은 락토르 왕국의 정규군 복장이었지만 하고 있는 꼬락서니는 군인이라고 보기에 어려운 수적의 행태 그대로였다.

―어디로 가는 배인가?

다가오면서 문정을 하는 시늉을 하는 휴고 대위의 평상적인 물음이 들려왔다. 저런 식으로 안심하게 만든 후에 공격을 가하여 배를 빼앗고 화물을 모두 몰수하는 식으로 지내왔을 것이었다.

"주군, 적들이 100미터 이내로 다가왔습니다."

맥기가 뒤도 돌아보지 않은 채 말하자 이안은 신형을 날려 뱃머리의 선수상 위로 올라섰다.

"나는 이안 레이너 준장이다. 네놈은 누구길래 왕국군의 흉내를 내느냐!"

우렁우렁한 목소리가 이안의 입에서 터져 나왔다. 그러자 금색 수실을 길게 늘어뜨린 장군복을 입고 있는 이안의 모습에 깜짝 놀란 적선의 병사들이 우왕좌왕하는 모습이 엿보였다.

―이안 레이너… 적의 수괴다! 공격하라!

휴고 플레어 대위의 명령이 떨어지자 선상에 올라와 있는 적병들은 일제히 병장기를 뽑아들고 전투 대형을 갖췄다.

"어리석은 자들… 가랏! 아이스 스톰!"

후우웅! 휘류류류릉!

이안이 마법을 캐스팅하여 그대로 적선을 향해서 쏘아 보냈다. 그러자 막대한 마나가 차가운 북풍한설이 되어 적선의 선두에 만들어지며 사방으로 퍼져 나갔다.

"크아아악!"

"마, 마법이다. 크헉!"

비명을 지르며 죽어나가는 적병들의 모습보다 강이 얼어붙으며 배가 멈춰지는 것이 더한 공포로 다가왔다. 순식간에 강물이 얼어붙으며 세척의 배가 강위에 멈춰지자 이안이 맥기에게 명령했다.

"위협사격을 가하라! 도망가는 놈은 어떻게 되는지 보여주도록 하라!"

"충! 위협사격을 가한다! 발포!"

후웅! 콰콰콰콰쾅!

선수에 놓인 마동포는 모두 5문이었고 그 마동포가 일제히 하얀 기류를 강하게 뿜어냈다.

쎄에에에엑! 콰앙! 콰콰콰쾅!

쩍쩍 얼어붙는 강물 위에 쏟아지는 철환들이 그 얼음들을 부수며 들어가는 광경은 배에 타고 있는 수적들에게는 가히 공포 그 자체로 다가왔다. 거기다 광범위 마법을 캐스팅도 없이 사용하는 적장에게 저항할 엄두를 내지 못하고 있었다.

"항복하는 자는 살려준다. 하나 저항하는 자는 가차 없이 벨 것이다. 항복하겠느냐!"

이안이 플라이 마법으로 공중으로 떠오른 상태에서 외치자 3척의 캐릭선에 타고 있는 수적들은 공포에 벌벌 떨었다. 상대할 수 없는 적에 대한 두려움과 위력시범을 통해서 느낀 두려움이 더해지자 더는 버틸 힘이 없어져 버린 것이었다.

"하, 항복하겠습니다."

"항복합니다."

무기를 떨어뜨리며 항복을 청하는 수적들이 하나둘씩 늘어났다. 그러나 개중에는 용감하다고 자부하는 이도 있기 마련인 법.

"쫄 거 없어. 공중에 떠있는 놈만 죽이면 된다고. 발사! 발사해!"

휴고 플레어 대위는 자신의 수하들이 항복한다고 나서는 것에도 아랑곳하지 않고 화살을 쏘라고 외쳐댔다. 그리고 캐릭선의 앞쪽에 설치된 발리스타를 직접 조종하여 이안을 노리고 있는 것은 덤으로 하는 발악 가운데 하나였다.

투웅! 쎄에에에엑!

강렬한 기세를 품고 날아드는 발리스타가 쏘아낸 쿼렐이

이안을 향해서 쏘아져 들어왔다.

"어리석은 놈!"

이안은 무서운 기세로 날아드는 쿼렐을 향해 검을 뽑아들고 가볍게 쳐냈다.

후웅! 쉬쉬쉬쉿!

허공 중에 그려지는 십여 줄기의 검의 궤적이 하나하나 살아 움직이며 쿼렐을 향해서 밀려 나갔다.

카앙! 콰지지지직!

강철로 만들어진 쿼렐이 검이 만들어낸 기운에 그대로 가루가 되어 사라지는 광경은 발리스타를 쏜 휴고 대위의 심장을 멎게 만들기에 충분했다.

"헉… 어, 어떻게……."

마법사로 알았던 젊은 장군이 검에 오러를 만들어낼 정도의 지고무쌍한 검사라는 것에 바닥에 주저앉고 말았다.

"마, 마스터… 주군께서 마스터시라니……."

"오오! 역시 장군이시다!"

캐릭선에 타고 있는 병사들은 이안의 검에 어린 오러를 보고 경악했다. 기분 좋은 경악성을 터뜨린 부하들이 일제히 병장기를 들어 올리며 외치기 시작했다.

"장군께선 마스터이시다!"

"와아아아! 이안 레이너 장군 만세! 만세!"

병사들이 울리는 함성에 더욱 더 놀란 수적들은 바닥에 주저앉은 채 공포에 떨었다. 적의 수장이 마스터이니 자신들이 살아날 길은 오로지 항복밖에는 없다는 것을 깨달은 것이었다.

'이안 레이너 준장이 마스터였다니… 허허… 이거 어떻게 해야 하는 것인가?'

지켜보던 아보트 준남작은 고개를 저었다. 지금 상황이라면 자신의 주군인 알링턴 백작과 이안 중에서 한 명을 선택해야 했다. 한데 아무리 생각해 보아도 가슴속의 저울은 이안에게 기울고 있는 것이었다.

'주군께는 죄송하지만… 나는 저 젊은 장군이 어디까지 갈지… 그것이 보고 싶을 뿐이야.'

그렇게 마음의 위안을 삼은 아보트 준남작은 굳은 인상을 풀며 진심으로 활짝 웃을 수 있었다.

"제니스!"

"네, 주군!"

"저놈들을 모두 포박해 와. 얼음이 깨지진 않을 테니 걱정 말고."

"예, 명을 받듭니다."

제니스가 날랜 부하들을 거느리고 제일 선두에 서 있는 휴고 대위의 캐릭선을 향해서 이동했다. 그리고 시작된 항복의

식을 끝으로 적병은 모두 강가로 옮겨진 채 제압당했다.

"자작님."

"아보트 준남작님, 하실 말씀이라도 있습니까?"

자신의 부하들에게는 따뜻한 햇살처럼 환하게 웃어주는 이안이지만 아보트 준남작을 대할 때는 무척이나 사무적인 태도로 돌변했다.

"예전에 했던 말씀 기억하십니까?"

"예전에 했던 말이요? 흠… 무슨 이야기를 했었는지……."

"남자가 능력이 있으면 사람은 모이게 마련이라는 말씀 말입니다."

"아… 예전에 했던 거 같군요."

이안은 왜 지금 그런 이야기를 하는지 모르겠다는 표정이었다.

"지난 시간동안 레이너 자작님을 지켜보면서 한 가지 궁금해진 것이 있습니다."

"뭔가요? 그 궁금한 것이?"

"앞으로 이 젊은 귀족이 어디까지 갈까 하는 겁니다."

"후후! 그 누구도 모를 일이지 않을까요? 내가 어디까지 올라갈지 하는 건 말입니다."

"그래서 결정했습니다. 옆에서 지켜보기로 말입니다. 부디 저를 휘하에 거둬주십시오."

"이런……."

이안은 아보트 준남작의 성품을 지난 시간 동안 지켜보았었다. 믿을 만한 사람이었고 결코 믿음을 준 사람을 배신하는 성격은 아니라고 판단했었다. 월링터 백작가의 가신이 왜 그런 결정을 했는지 모르지만 그 끈이 생각했던 것보다 훨씬 얇고 짧은 그런 인연이 아니었을까 추측해 볼 뿐이다.

6장

먼저 줍는 놈이 임자다

　아보트 준남작을 자신의 가신으로 받아들인 이안은 수적
으로 변한 반란군들에게서 빼앗은 캐릭선을 그에게 건네주었
다. 제니스까지 딸려 보내어 안전을 위협하는 놈들로부터 지
킬 수 있는 힘까지 부여했다.

　'사람이 너무 부족하다… 영지민이 될 사람이 있어야 그걸
바탕으로 군대로 모으고 할 것인데…'

　마나석 광산에서 채굴하는 마나석을 팔아도 돈은 모일 것
이었다. 그러나 그 이상의 것은 영지민이 많아야 해낼 수 있
는 것들이었다.

"뭘 그렇게 고민하고 있냐? 마스터씩이나 되서 놓고."

맥컬리의 굵직한 음성에 이안은 빙긋 미소를 지으며 말했다.

"왔냐. 거기 앉아라."

"털어놔라. 뭐 때문에 그렇게 고민하고 있는지."

"영지는 땅만 넓지 아무것도 없잖냐. 하다못해 영지민도 3천여 명도 안 될 지경이니."

자작령은 못해도 10만에 달하는 인구수는 가지고 있어야 했다. 그 정도의 영지민을 가져야 사병 2천 정도를 뽑을 수 있는 구조가 갖춰지기 때문이었다.

"영지민… 아무도 내주려 하지 않을 테니 그것도 참 골치다."

"그러게 말이다."

귀족들에게 있어서 영지민은 곧 재산이라는 등식이 성립된다. 세율 70% 이상의 고세율을 유지해도 힘없는 백성들은 고스란히 받쳐야 하는 것이니 영지민이 많을수록 영주의 재산은 늘어나는 구조인 것이다.

"차라리 뺏어올까?"

"뺏어와?"

맥컬리는 무슨 의미인지 몰라 이안에게 뚱한 눈빛을 보냈다.

"헥토르 후작의 영지는 지금 무주공산이잖아."

"아… 강습여단이 털어먹지 않았으려나?"

"후후! 털어먹기야 했겠지. 하지만 백성들은 그대로 있을 거다. 죽기 싫어서 산으로 들어간 자들도 있을 것이고."

지금 시대의 사람들은 살기 위해서 백성임을 포기하고 산으로 들어간다. 화전을 일구며 살아도 세금으로 빼앗기는 양이 워낙 많다보니 적은 소출로도 충분히 살아갈 수 있기 때문이었다.

"그래라 그럼."

"응? 뭘? 영지민들을 뺏어오는 거 말이냐?"

"응. 너라면 좋은 영주가 될 수 있을 거 같아. 그러니까 그들에게도 이득이 되는 일 아니겠어?"

"흠… 그럴까?"

"호호! 토리하고 티모시가 성을 만드는 일을 하기 시작했으니 우리는 우리대로 일을 진행해 보자고."

이안은 어떻게 하면 헥토르 후작의 영지에서 그 영지민들을 안전하게 빼올까 궁리했다. 그러자 가장 먼저 떠오른 것은 그들이 스스로 찾아오게 만드는 방법이 최선이라는 거였다.

"맥컬리. 소문 좀 내야겠다."

"소문? 무슨 소문을 말하는 거냐?"

"반란이 종식되면 헥토르 후작의 영지민은 모두 농노로 팔려가게 될 거라는 소문을 내야겠어. 국왕이 일벌백계의 심정으로 그렇게 결정했다고 말이야."

"흐음… 그런 소문이 돈다면 그쪽 영지민들이 아주 난리도 아닐 건데."

"그러기를 바라고 내는 소문이야. 거기다 더해서 내가 새롭게 영지를 하사받았는데 영지민이 없어서 새롭게 영지민이 되기 위해 오는 자들을 후대한다는 소문도 곁들여야지. 그리고 내가 영지민들을 보호하기 위해서 최선을 다할 거라는 것도."

"아! 그럼 되겠구나. 심리적으로 불안한 자들은 보호를 받기 위해서라도 이곳으로 오려고 할 테니까."

"그래. 내가 바라는 점도 바로 그거야."

이안의 말에 맥컬리는 소문을 내는 방법에 대해서 이야기했다. 그걸 내려고 해도 전문적으로 교육을 받은 자들이 해야 하는 것이지 군바리들이 가서 이야기해 봐야 오히려 의심만 살 것이기 때문이었다.

"어떻게 소문을 낼 거냐? 그런 것은 전문적인 첩보 교육을 받은 자들이라야 할 텐데 말이야."

"끄응… 나도 그게 걱정이다. 어디서 그런 자들을 끌어들일지 말이야."

"정보길드를 끌어들이는 건 어떠냐?"

"정보길드? 그들은 정보를 사고파는 놈들이지 않아?"

"그렇긴 하지만 우리보다는 소문 같은 걸 내는 데는 월등하지 않겠냐?"

맥컬리의 말에 이안도 생각해 보니 그럴싸하다는 생각이 들었다. 정보를 얻으려면 깔아놓은 수하들도 있을 것이고 그들을 통해서 소문이 퍼져 나간다면 아무래도 자신들보다는 나을 것이 분명했다.

"아무래도 헥토르 후작 그자의 영지에 가야 할 거 같다."

"네 생각에도 그렇지?"

"물론. 그곳에 터를 잡고 있는 정보길드 놈들하고 개별 면담을 좀 해야겠어."

이안이 눈을 작게 뜨고 하는 말에 맥컬리는 그곳의 정보길드원들이 갑자기 불쌍하게 느껴졌다. 결심을 굳히고 저돌적으로 일을 밀어붙이는 이안의 스타일대로라면 정보길드원들은 죽음 아니면 복종을 선택받게 될 것이었다.

"정지! 어디서 오는 자들인가?"

헥토르 후작의 영지의 초입에서부터 삼엄한 경계가 펼쳐져 있었다. 특히 10여 명의 패잔병으로 보이는 자들이 들어서자 100여 명이 넘는 병력이 우르르 몰려와 검을 겨누며 경계 섞인 음성을 날렸다.

"8사단 10819백인대장인 빌모어 대위요. 여기는 내 부하들이고."

빌모어 대위는 지난 전투에서 노예병으로 전락했던 자였다. 그러다 전투가 거듭됨에 따라서 자발적으로 이안의 부대에 장교가 되기를 원했고 노예의 개목걸이에서 해방된 자였다.

"8사단? 그런데 왜 여기로 오는 것인가?"

"말도 마시오. 지난 전투에서 패전하여 퇴각했는데 본대를 찾아 헤매다 여기까지 흘러들어 온 것이니. 윈터폴 요새로 가려고 했는데 그곳으로 가는 길에 강습여단 놈들을 만나서 아주 죽을 뻔했소."

"증명서를 보여주시오."

같은 기사급의 인사에게 언제까지 반말을 할 수는 없는지 헥토르 후작가의 기사는 반존대로 바꾸며 증명서를 요구했다.

"여기 있소."

빌모어 대위가 증명서를 꺼내자 나머지 병사들도 증명서를 꺼내 내밀었다.

"흠… 신분은 확실한 거 같은데……."

의심의 눈초리를 완벽하게 지우지 못한 기사는 일일이 증명서에 나타난 인상착의와 맞는지 확인했다. 그러나 워낙 꾀

죄죄한 몰골로 변해 있는 데다 군복도 흙먼지에 찌들어 있어서 완벽한 확인은 불가능했다.

"지난 전투 이후 한 달 넘게 쫓겨 다니다 여기로 온 거요. 끼니도 사흘째 먹지 못했으니 사정 좀 봐주시오."

빌모어 대위의 사정조의 말에 기사는 고개를 가로저었다. 자신이 보기에도 너무도 불쌍해 보이는 몰골을 하고 있으니 기사체면에 말이 아니겠다 싶었던 것이다.

"들어가시오. 일단 행정총관님께 보고를 할 것이니 빌모어 대위의 부대로 돌아갈 방법이 있는지 알아봐 주실 것이오."

"고맙습니다. 한데 묵을 만한 여관이 있겠습니까?"

"여관이라… 푸른 바람이 머무는 언덕이라는 여관이 좋을 거요. 음식 맛이 제일 좋다고 소문난 곳이니 말이오."

"오! 벌써부터 군침이 도는군요. 어디로 가면 됩니까?"

빌모어의 물음에 검문을 행했던 기사는 여관이 있는 위치를 아주 세세하게 설명해 주었다.

"어서 오세요, 기사님!"

여관으로 들어가자 텅 빈 식당에 홀로 앉아 있던 여관 주인이 반갑게 인사를 건네 왔다.

"손님이 우리뿐인 것인가?"

"아이고. 전란통에 손님이 있으면 그게 더 이상한 겁지요."

"하긴… 며칠 머무를 것이니 방을 좀 준비해 주게. 그리고 식사도 만들어주고."

"네, 하루 숙박료가 1인실은 2실버입니다요. 3인실부터는 3실버만 받겠습니다요. 저… 그리고 숙박료는 선불로 주셔야 하는데……."

기사의 신분을 가진 자에게 여관 주인이 함부로 말을 하는 것도 실례라 할 수 있었다. 성질 더러운 기사는 그것을 트집 잡아 매질을 하는 경우도 있으니 여관주인이 조심스럽게 말을 꺼냈다.

"여기 선불로 2골드를 주지. 되었나?"

"헤헤! 그러믄입쇼. 방으로 모시겠습니다요."

"부탁하지."

빌모어와 소위 계급장을 단 장교복장을 하고 있는 이안이 1인실로 올라가고 맥기와 한스들은 이안의 방을 감싸는 형태로 방을 지목해서 구했다.

"지금 배가 몹시 고파서 그러니 식사를 준비해 주게."

"예예! 바로 준비하도록 하겠습니다요. 그런데 메뉴는 뭘로 할깝쇼?"

여관 주인은 오랜만의 손님이기에 최대한 비위를 맞추며 살살거렸다.

"가장 빠르게 할 수 있는 요리로 해주게. 며칠 동안 굶었더니 하늘이 노랗게 보일 지경이거든."

"아~ 그럼 통돼지 구이로 해드리겠습니다요. 양도 푸짐하고 맛도 괜찮으니 말입니다."

"그렇게 하게."

빌모어가 나서서 모든 것을 처리하자 이안은 여관주인이 내려가는 것을 확인하고 손짓으로 모두를 모았다.

"최대한 자연스럽게 행동하도록 해. 조금 있으면 헥토르 후작성에서 병사들이 와서 심문할 것이니 숙지할 것은 미리 외워두도록 하고."

"예, 장군!"

빌모어가 충직하게 대답하자 이안은 주변을 잠시 기감을 열어 살폈다. 아직까지는 의심의 눈빛은 존재하지 않았고 여관도 별다르게 걸리는 점이 없었다.

"그럼 일단 식사부터 하고 푹 쉬도록 해. 그게 저들의 의심을 거두게 만드는 길일 테니까."

"예, 명심하겠습니다."

패잔병들이 본대로 복귀하기 위해서 일부러 나서는 것도 우스운 이야기였다. 반란이 성공한다는 확신이 있을 때야 그러는 것도 무리는 아니지만 지금은 반란이 실패로 기울어가고 있는 상황이었다. 그런 상황에서 반란의 주인공인 헥토르 후작의 영지로 들어온 상황이니 괜한 경거망동은 적들의 의심만 살 뿐인 것이다.

"식사 준비가 다 되었습니다요. 어디로 가져다 드릴깝쇼?"

"식당으로 가지."

"예, 그럼 거기다 준비해 드리겠습니다."

여관 주인의 말에 모두는 느긋한 표정으로 1층의 식당으로 내려갔다. 늙수그레한 여관 주인과 그의 처로 보이는 아낙이 네프론을 앞에 착용한 채 음식을 나르고 있었다.

"오! 냄새가 아주 죽이는군."

"하하! 그러게 말입니다. 며칠 동안 굶었더니 더 그런 모양입니다. 어서 드시죠, 대위님!"

"그러세."

모두가 둘러앉아 와자지껄 떠들며 음식을 먹었다. 기름을 발라 정성껏 구운 통돼지 구이가 순식간에 동이 날 정도로 허겁지겁 먹어대는 병사들을 보며 여관 주인은 서비스로 몇 가지 음식들을 더 내주어 더욱 기분을 돋웠다.

"폴커! 안에 있나?"

바깥문이 열리고 안으로 들어오는 한 사람으로 인해서 식사의 막바지로 치닫던 이안과 부하들의 움직임이 멎었다.

"아! 레이브 씨, 어서 오세요."

여관 주인은 괜찮다며 어서 식사를 하시라는 손동작을 해보인 후 방문객에게 마주 나갔다.

"어쩐 일이세요, 이 시간에 다 오시고."

"그게 일이 아주 고약하게 되어버려서 말이야."

"네? 고약하게 됐다니요?"

"…루카네 패거리들이 빌려간 돈을 모두 내놓으라고 행패를 부리는데… 아주 골치 아파 죽겠다니까."

"루카네 패거리들이 왜 그런데요?"

"그게 반란이 실패할 거 같으니 돈을 챙겨서 여길 뜨려나 봐."

"아… 에휴…….'"

한숨만 푹푹 내쉬는 여관주인을 보며 이안은 눈빛을 빛냈다. 루카라는 인간이 누구인지는 모르지만 저들의 이야기를 토대로 추측을 해보면 고리대금업을 하는 자로 보였다. 그리고 여관 주인과 그 지인은 그들에게 돈을 빌려서 쓴 것 때문에 저러는 것일 터였다.

"이보시오, 주인장!"

장교 복장을 하고 있는 앳된 얼굴의 이안이 부르자 여관 주인은 한숨을 멈추고 급히 달려왔다.

"네, 장교님. 무슨 주문이라도 하시렵니까요?"

"아니, 그건 아니오. 그대들의 이야기를 들으니 루카인가 뭔가 하는 자가 행패를 부리는 거 같아서 말이오."

"아… 신경 쓰지 않으셔도 됩니다요. 그런 인간들이야 어

디에도 있는 걸입쇼. 헤헤!'

"나는 군인이오. 군인은 백성을 보호하기 위해서 만들어진 집단에 속한 자를 의미하는 거요. 거리를 누비는 패거리가 백성을 괴롭힌다면 당연히 그것을 막고 백성의 안전을 도모해야 하는 의무를 지닌 군인으로서 신경을 안 쓸 수는 없지 않겠소?'

젊은 군인의 패기 넘치는 발언에 여관 주인은 눈빛이 감동으로 물들었다. 이놈이나 저놈이나 힘없는 백성들을 괴롭히는 놈들 투성이인 곳에서 살다 보니 이런 사람을 처음으로 본다는 그런 감정이 가슴을 벅차게 만들었다.

"에구… 그러다가 큰일 당합니다요. 루카네 패거리에는 그 뭐시냐 익스퍼트급의 칼잡이가 있다는 소문도 있을 걸입쇼."

"익스퍼트씩이나 돼서 주먹패와 함께 하다니… 큭! 웃기는 놈이로군. 그놈들이 어디에 있는지 알려주시오. 내 그 익스퍼트라는 칼잡이의 얼굴을 꼭 보아야겠으니."

"네? 저, 정말이십니까요?'

"내가 나이 어려 보여도 익스퍼트급에 오른 검사요. 그런 놈에게는 안 질 자신이 있으니 알려나 주시오."

"아! 그럼 알려드려야지요."

"제가 안내해 드리겠습니다. 저와 함께 가시지요. 젊은 장교 양반!"

레이브라고 불린 중년의 사내가 나섰다. 그는 이 지역에서 꽤나 목소리를 높이는 자였는지 여관 주인이 나이가 많음에도 꼬박꼬박 존대를 하고 있었다.

"그렇게 하시겠소? 그럼 나야 편하고 좋소이다만."

"흐흐! 루카네 패거리들이 워낙 고약한 짓거리를 해대는 통에 골치가 아팠는데 장교님께서 나서주신다면 길 안내 정도야 언제라도 해드려야죠. 바로 가시겠습니까?"

"그렇게 합시다. 가지."

"네, 소위님!"

병사들까지 일어나며 병장기를 갖추자 레이브는 잘됐다는 표정으로 여관문을 열고 밖으로 나섰다.

'후후! 주먹패부터 두들기다 보면 정보길드에 관한 것도 알 수 있겠지.'

이안은 차례차례 올라가며 정보길드와 주먹패를 모두 휘하에 거둘 생각으로 움직이려는 거였다.

"저기 있는 주점이 루카네 패거리들의 집합소입니다."

레이브가 알려주는 주점은 헥토르 후작성의 내성이 있는 곳에서 그리 멀지 않은 곳에 위치해 있었다. 저런 곳에 술집을 열고 있다는 것 자체가 제법 든든한 배경이 있음을 의미했다.

"레이브 씨는 여기서 돌아가 보시오. 괜히 우리와 함께 있다가 곤욕을 치르지 말고."

"아, 감사합니다. 장교님."

레이브는 이안이 돌아가도 좋다는 말을 하자 반가운 표정이 되어 얼른 발길을 돌렸다.

"맥기! 한스!"

"네, 주군!"

이구동성으로 이안의 부름에 복명하는 두 사람에게 이안은 술집의 입구를 가리켰다.

"저 입구가 전부는 아닐 거야. 뒤쪽으로 돌아가서 혹시 탈출할 수 있는 다른 구멍이 있는지 찾아봐. 혹 있다면 반드시 틀어막고."

"흐흐! 맡겨주십시오, 주군!"

두 사람은 가슴을 탕탕 치며 자신 있게 대답했다. 그간 이안이 알려준 체스트 24식을 수련하여 제법 검 좀 쓴다는 소리를 들을 수 있을 정도로 발전한 두 사람이었다.

"그럼 수고!"

이안은 그렇게 말하고 성큼성큼 큰 걸음으로 주점으로 들어갔다.

"뉘슈?"

입구에 들어서자마자 안에 보이는 것은 서른 명쯤 되는 주먹패들로 얼굴 여기저기에 칼자국이 나 있는 놈들만 모여 있었다.

"루카라는 놈이 누구냐?"

"뭐야? 어린노무 시키가 여기가 어디라고!"

"확 담가 버릴라니까."

이안이 루카라는 놈을 찾자 인상 더러운 주먹패들이 작은 단검을 하나씩 꼬나들고 자리를 털고 일어났다. 한마디씩 하는 말들이 모두 욕설과 살기가 섞여 있는 것을 보면 다들 험악한 인생을 살아왔음을 알 수 있게 했다.

"조무래기들은 꺼지고. 루카라는 놈이 누구냐!"

이안이 다시 마나를 실어 말하자 주먹패들의 인상이 더욱 험악해졌다.

"이 새끼가 보자보자 하니까!"

"조져버려!"

"포를 떠주마!"

주먹패들이 일제히 이안을 향해서 달려들었다. 꼬나쥔 단검이 제법 날카롭게 휘둘러지는 것에 이안은 싸늘한 살소를 흩뿌리며 앞으로 걸음을 옮겼다.

휘익! 쎄엑!

양쪽에서 파고 들어오는 두 자루의 단검에 이안의 허리가 갈라지려고 할 무렵, 그의 몸놀림이 기이하게 변했다.

"헛!"

"뭐, 뭐야!"

두 사람은 이안을 분명 베었다고 생각했는데 아무런 느낌이 없자 당혹해하며 소리를 질렀다.

쉬쉿!

딱 닿지 않을 정도의 거리를 유지한 채 두 자루의 단검을 피한 이안의 롱소드가 검집째 허공을 갈랐다.

"큭!"

"으악!"

두 사람이 내지르는 비명에 뒤를 따라 밀고 들어오던 주먹패들이 더욱 분기를 터뜨리며 쇄도해 들어왔다.

"목을 따주마!"

"감히 형님들을!"

계속되는 주먹패들의 공격에 춤을 추듯이 움직이는 이안의 신형이 분신술을 쓰듯이 늘어나며 빠져나갔다.

퍼퍼퍽! 퍼퍼퍼퍼퍽!

순식간에 주먹패들의 복부에 꽂히는 이안의 롱소드가 번개처럼 움직이자 한 번에 십여 명의 주먹패들이 뒤로 튕겨져 나갔다.

"으으… 한 번에 덮쳐!"

"죽어라!"

주먹패들은 좁은 공간에서 싸우는 것은 쪽수가 많은 것이 유리하다는 것 하나만 믿고 이안을 향해서 일제히 두 팔을 벌리고 달려들었다. 잡히기만 하면 그때부터는 쪽수를 이용하여 밟으면 그만이기에 주먹패다운 싸움방식을 고수하며 인해전술로 밀어붙이는 거였다.

"훗! 과연!"

이안은 롱소드를 여유롭게 흔들었다. 허공에 하나씩 선이 그려질 때마다 달려드는 주먹패들은 속절없이 바닥을 굴러야 했다.

"으으……."

서 있는 자는 이제 다섯도 남지 않았다. 그들은 이안의 손에 들린 롱소드가 움직이는 것도 제대로 파악하지 못한 것에 부들부들 떨었다.

"왜… 왜 이러시는 겁니까?"

"루카라는 놈 어디 있냐고 물었다. 그리고 공격은 니놈들이 했지, 내가 하지 않았어."

"그, 그건……."

이안이 안으로 들어와서 루카라는 자신들의 두목이 어디 있는지 물은 것이 싸움의 발단이었다. 부하된 도리로 새까맣게 어린 군바리가 이름을 부르는데 달려드는 것이 당연한 것이니 억울한 것은 주먹패들이었다.

"다시 한 번 묻지. 루카라는 놈 어디 있나?"

이안의 물음에 주먹패들은 얼굴이 참혹하게 일그러졌다. 두목이 어디 있는지 말하는 순간, 배신자라도 된 것처럼 호되게 당할 것이고 말을 하지 않으려고 하니 이안의 손에 들린 롱소드가 무서웠다.

"방자한 놈이로구만. 내가 니 친구냐? 이름을 찍찍 부르게."

주점의 지하 계단에서 세 사람이 올라왔다. 그중에 가운데 서 있는 자가 흉흉한 안광을 흘뿌리며 하는 말이었다.

"네놈이 루카냐?"

"애새끼가 싸가지가 바가지냐? 어린노무 새끼가 어디서 혀 짧은 소리를 하고 지랄이야, 지랄이!"

루카라는 자가 소리를 지르자 좌우에 서 있던 두 검사가 그대로 신형을 날리며 이안에게 쇄도해 들어왔다.

'익스퍼트급의 검사가 있다더니 이 둘인가 보군.'

나이는 30대가 채 안 돼 보이는 두 사람이었고 이마에 찍혀 있는 낙인으로 보아 검투사 출신의 노예로 보였다.

'어쩌다 이런 새끼한테 팔려서는… 쯧!'

이안은 두 사람이 무슨 잘못이겠는가 싶어서 손속에 인정을 두었다. 그러나 결코 반항하지 못할 정도의 힘을 실어 두 사람을 두들겨 패기 시작했다.

피릿! 피피피핏!

순식간에 십여 번의 동작이 눈 깜짝할 사이에 이루어졌다. 갓 익스퍼트급에 오른 두 사람이 상대할 수 없을 가공할 스피드로 롱소드가 두 사람의 몸을 사정없이 타격했다.

"크윽!"

"욱! 허억!"

고통에 몸부림을 치는 두 사람을 보며 루카의 눈이 휘둥그래졌다. 자신도 제법 한 싸움 한다고 자부하는 편이었지만 저런 움직임은 지금까지 단 한 번도 보지 못했던 움직임이었다.

"그만 쓰러져라. 그게 편할 게다."

이안이 롱소드를 멈추며 두 사람을 보며 말했다. 그러자 가까스로 버티고 있던 두 검사의 무릎이 둔탁한 소리를 내며 바닥에 꿇려졌다.

"으으……."

루카는 믿었던 두 전투노예가 10초도 버티지 못하고 무너져 버리자 겁이 덜컥 났다.

"도망가면 진짜 죽는다."

싸늘한 기운이 가득 실려 있는 이안의 음성이 흘러나오자 루카의 발이 그대로 얼어붙어 버렸다.

"나, 나에게 왜… 왜 이러는 겁니까?"

"네놈의 악행에 대한 소문을 들었거든. 백성들의 고혈을 빨아먹는 기생충이라는 소문 말이야."

"으으……."

"꿇어!"

"네? 넵!"

루카는 30살이 넘도록 주먹패에서 굴러먹은 진짜 오리지
널 주먹패였다. 15살부터 20여 년에 가까운 세월을 구르다 두
목이 된지는 이제 겨우 3년이 조금 넘었다. 그렇게 고생을 하
다가 겨우 이제 빛을 좀 보려고 하는 찰라에 여러 가지 일들
이 터졌었다. 특히 헥토르 후작의 반란으로 인해서 겪어야 했
던 일까지 생각하면 복장이 터져도 골백번은 터져야 했다.

"야! 너희들!"

"네? 저, 저희 말씀이십니까?"

"그래, 너희들. 저 새끼들 깨워서 꿇려."

"아, 알겠습니다."

기절하지 않고 있던 다섯 명의 건달패들이 이안에게 바짝
얼어서 미친 듯이 움직였다. 기절한 자들을 깨워서 한곳에 모
으고 얼른 무릎을 꿇게 만들자 주점의 한가운데는 모두 40여
명에 이르는 주먹패들이 고개를 숙인 채 모여들었다.

"너도 꿇어!"

"네? 넵!"

루카는 자신의 실력으로는 상대도 할 수 없는 실력자인 이

안이 하는 말에 싸워볼 용기도 내지 못하고 그의 말대로 따랐다. 20여 년에 가까운 세월을 칼질을 하면서 키워온 눈치가 그렇게 하라고 시켰기 때문이었다.

'내가 눈칫밥 하나로 여기까지 왔는데… 저자는… 사신이다!'

루카는 모든 것을 체념하고 이안이 시키는 대로 모든 것을 다할 생각이었다. 그 길만이 이 자리에서 살아남을 수 있는 유일한 방법이라 생각한 것이었다.

"고리대금을 한다고?"

"그, 그것이… 에휴… 저 같은 주먹패가 무슨 고리대금을 하겠습니까. 다 위에서 시키는 놈들 때문에 하는 거죠."

"시키는 놈이라… 이름을 말해."

이안이 묻자 루카는 체념을 한 듯이 술술 불기 시작했다. 고리대금업의 진짜 전주인 헥토르 후작의 가신 중에 하나이자 영주성을 맡고 있는 총관 퀼란 자작에 대한 것들을 털어놓았다.

"퀼란 자작이라고 총관이 실제 주인입니다. 저는 그자가 시키는 대로 할 뿐입니다. 정말입니다, 믿어주십시오."

루카의 말에 이안은 헥토르 후작의 가신들이 얼마나 썩었는지 알 것 같았다.

'헥토르 후작… 고작 그런 수하들을 믿고 반란을 일으켰던

것인가? 집안 단속도 못하는 자가 일국을 세울 생각을 했었다니… 우습기 짝이 없구나.'

이안은 비웃음을 날리며 루카에게 말했다.

"장부 가져와. 네놈이 말한 증거가 담겨 있는 장부."

"그, 그건…….."

"네놈이 아니더라도 가져올 놈은 많아. 셋 센다!"

"가져옵니다, 가져온다니까요."

루카가 달려가려고 하자 그의 발 앞으로 주먹패 중에 하나가 떨어뜨린 단검이 날아와 박혔다.

팟! 부르르르!

두꺼운 석판으로 만들어진 바닥을 뚫고 들어가 박힌 단검의 손잡이가 부르르 소리를 내며 떨었다.

"헙!"

"부하 시켜."

"넵! 부하 시키겠습니다. 지미, 네가 가라."

"다녀오겠습니다."

지미라고 불린 주먹패 하나가 죽을 힘을 다해서 지하 계단으로 달려가자 루카는 다시 바닥에 무릎을 꿇고 앉았다.

"주군! 어떻게 된 겁니까?"

주점의 문이 열리고 십여 명의 군인들이 쏟아져 들어오자 루카와 그 부하들의 얼굴은 더욱 비참하게 변해 버렸다. 이안한 명도 어떻게 해보지 못하고 죄다 당한 상황에서 그 부하들마저 들어왔으니 혹시나 하는 마음도 이제는 버려야 할 판이었다.

"마침 잘 왔어. 저 새끼들 혹시라도 이상한 움직임 보이면 그대로 쏴버려."

"흐흐! 명령을 받들겠습니다."

맥기가 싸늘하게 미소 지으며 다른 부하들에게 수신호를 보냈다. 그러자 주먹패들을 포위하듯이 선 맥기와 부하들이 소형 크로스보우를 꺼내들고 주먹패를 겨눴다. 10미터도 채 안 되는 거리에서 쏘아지는 크로스보우라면 두꺼운 강철 갑옷도 뚫고 들어갈 정도의 위력인 것에 주먹패들의 안색이 더욱 하얗게 질려버렸다.

"여, 여기 가지고 왔습니다."

지하로 뛰어갔던 지미라는 주먹패가 부들부들 떨리는 손으로 이안에게 두꺼운 장부를 건넸다.

"흠… 어디 보자……."

이안은 장부를 넘기며 그 안에 적혀 있는 내용을 빠르게 읽어 내렸다.

"허… 뭐 이런 개새끼가 다 있어?"

이안이 짜증이 가득 섞인 음성을 토하자 루카는 고개를 숙이며 부들부들 떨었다. 루카가 고리대금업을 하며 총관인 퀼

란 자작에게 상납한 금액만 해도 물경 20만 골드에 달할 정도
의 거금이었다. 아직 회수하지 못한 금액까지 합한다면 그 금
액은 두 배로 뛰었고 퀼란이 얼마나 많은 치부를 했는지에 대
해 고스란히 적혀 있었다.

"이거 진짜 맞나?"

"정말입니다. 저는 그놈한테 상납하느라 얼마 챙기지도 못
했다니까요? 거짓말이면 제 목을 베셔도 좋습니다."

거짓말이 아니라는 확실한 표현을 하는 루카를 보며 이안
은 퀼란 자작을 털어야겠다고 결심을 굳혔다.

'이 새끼부터 족쳐야겠군. 더러운 새끼!'

힘없는 백성의 고혈을 빨아서 치부를 하고 이제는 반란이
실패할 거 같으니 남은 돈마저 챙겨서 튀려고 하는 자였다.
그 어떤 놈보다 가차 없는 응징이 필요한 자이기에 자신이 나
서려는 거였다.

7장

싫고 싫으면 내 영지로 와

　이안의 결심이 굳은 것을 보고 맥기와 한스가 옆으로 다가
왔다. 그들은 이번 작전이 정보길드를 거두고 그들로 하여금
소문을 내게 하려는 것임을 생각할 때 주군인 이안이 무리를
하는 것은 아닌가 판단한 것이었다.

　"주군, 지금 퀼란 자작을 공격하면 영지에 남아 있는 헥토
르의 군사들이 대거 움직일 겁니다."

　"맞습니다. 지금은 목적한 것만 취하시는 것이 어떻겠습니
까?"

　하사관으로 오랜 시간 복무한 탓에 그들의 작전 인지능력

도 꽤 수준급에 달해 있었다. 그런 두 사람의 반대에 이안은 흐뭇한 미소를 지으면서 고개를 저었다.

"때가 아니라면 그때를 내가 움직이면 되는 거야. 너무 걱정할 거 없어."

"네, 주군께서 어련히 알아서 하시겠습니까만… 속하는 단지 걱정이 되어."

"후후! 알고 있어. 이런 조언은 언제라도 해도 좋으니까 앞으로도 잘 부탁하지."

"네, 주군!"

두 사람은 자신들의 반대를 묵살하기보다는 오히려 잘했다고 칭찬하는 이안이 너무 대단하다고 여겼다. 속된말로 부하들이 바른말을 하면 뭐가 그리 잘났느냐고 타박하는 자들이 수두룩한 세상이었다. 그런 세상에서 반대의견에도 칭찬을 하는 주군을 얻기가 그리 쉬운 일은 아닐 것이었다.

"퀼란 자작은 내가 알아서 손보는 것으로 하고… 루카!"

"넵! 장교님!"

"이 영지 안에 정보길드가 어디 있는지 알고 있나?"

"정보길드요? 그건 헥토르 후작이 반란 일으키면서 다 숙청해 버렸는데요."

"뭐? 큭… 그럴 만도 하겠군."

정보길드를 그대로 놔두면 헥토르 후작의 영지 안에서 일

어나는 일들이 모두 다른 정보길드로 퍼져나갈 것이었다. 그
것을 미연에 막기 위해서 정보길드를 박살 냈다는 것을 보면
헥토르 후작도 정보의 중요성을 누구보다 잘 알고 있는 인물
이라는 뜻이었다.

"그 숙청 때 아무도 살아남은 자들이 없나?"

"그거야… 아! 몇 사람이 살아남았습니다. 저항하던 자들
은 퀼란 자작이 보낸 기사들에 의해서 모두 죽고 길드장의 자
식들과 그들을 따르는 몇몇 길드원들이 살아남은 걸로 알고
있습니다."

술술 불어버리는 루카를 보며 이안은 꽤나 만족스러웠다.
자신의 주제를 알고 어떻게든 살아남으려고 하는 그의 모습
또한 나쁘지 않게 생각되어졌다.

"그들은 어디에 있지?"

"영주성 지하감옥에 수감된 걸로 압니다."

"그렇군. 그런데 너!"

"네? 넵!"

"넌 어떻게 할 거냐? 헥토르의 반란은 실패로 돌아갈 건
데."

"그거야… 저 같은 놈들을 설마 죽이기야 하겠습니까. 흐
흐흐!"

반란군에 동조한 이들은 모두 잡혀서 노예로 팔리게 되는

것이 반란이 실패했을 때 일어나는 일이었다. 국왕이 현명하다면 이 지역에 사는 백성들은 건드리지 않겠지만 일벌백계를 한다고 생각하면 무조건 다 잡아들일 것이었다. 어떤 결과가 나오더라도 이상하지 않을 상황이기에 루카는 너무 낙천적인 생각을 하고 있는 거였다.

"퀼란 자작이 왜 도망가려고 하는 줄 아느냐?"

"그야 귀족이니 잡히면 노예 신세 아닙니까. 그래서 그러는 걸로 압니다만."

"후후! 틀렸다. 반란이 실패하면 이 지역에 사는 모든 영지민들은 농노로 팔려가게 될 거다."

"예? 서, 설마요."

"국왕은 그러고도 남아. 귀족들은 그보다 더 심한 꼴을 보게 될 테니 도망가려고 하는 거고. 너희들만 불쌍한 거지. 쯧!"

이안이 혀를 차며 하는 말에 루카의 표정이 붉으락푸르락해졌다.

"그 말씀, 정말이십니까?"

"내가 비싼 밥 먹고 허튼 소리나 할 것처럼 보이나?"

"끄응……."

"살 수 있는 길을 하나 알려줄까?"

"살 수 있는 길이라굽쇼? 그게 뭡니까?"

루카는 살 수 있는 길이라는 말에 눈을 동그랗게 뜨며 이안의 입에 시선을 집중시켰다.

"내 영지로 와라. 살고 싶으면 내 영지로 오는 게 답일 거다."

"예? 여, 영주님이셨습니까?"

루카는 눈앞의 젊은 장교가 영주일 줄은 꿈에도 몰랐다. 저렇게 어린 나이에, 그것도 소위 계급장을 달고 있는 젊은 청년이 영주일 가능성은 무척이나 낮았으니 당연한 반응이라고 할 수 있었다.

"너희들에게 내 한 가지 제안을 하도록 하지."

"제안이라니요. 뭐든 하명만 하십시오."

루카는 자신들이 살 수 있는 길이 저 젊은 귀족에게 있다는 것을 직감적으로 알아챘다. 해서 모든 것을 다 내려놓고 머리를 숙이며 넙죽 엎드렸다.

"나는 이안 레이너 자작이다. 이번 헥토르의 반란 덕분에 장군의 반열에 오른 사람이지."

"헉! 그 이안 레이너… 맙소사!"

루카는 자신이 어떤 인물과 마주하고 있는지 몰랐다가 그 정체를 알게 되자 이게 꿈인지 생시인지 모르겠다는 듯이 볼을 꼬집었다.

"아야… 이, 이게 꿈은 아닌데… 정말 영광입니다, 이안 레이너 자작님."

"너희들이 내가 말한 한 가지를 해준다면 너희들에게도 살 길을 열어주마. 어떠냐? 해보겠느냐?"

"물론입니다. 시켜만 주십시오."

루카가 큰 소리로 대답하자 다른 조직원들도 그저 시켜만 달라며 깍듯이 고개를 숙였다.

"좋다. 지금 내가 너희들에게 했던 그 말을 영지 내에 퍼뜨 려라."

"예? 어, 어떤 말을 말씀하시는지……."

"반란이 진압되면 이 영지에 있는 모든 사람들은 농노로 팔리게 될 거라는 거 말이다."

"아… 그거라면 얼마든지 해낼 수 있습니다. 맡겨만 주십 시오."

어차피 국왕의 성격상 그렇게 될 확률도 높았으니 없는 이 야기를 지어내서 퍼뜨리는 것은 아니었다. 백성들도 그렇게 무지몽매한 자들이 아니었으니 그 소문이 퍼지기 시작하면 영지는 급속도로 망가지게 될 것이었다.

"그리고 살고 싶으면 내 영지로 오라고 해. 실제로 내 영지 민이 되면 국왕도 건드리지 못할 거니까 말이야."

"아… 확실히 그렇겠군요. 자작님께서는 이 왕국의 영웅이 시니까요. 흐흐!"

루카도 이안에 대한 소문을 들어서 알고 있었다. 헥토르 반군에게는 지옥의 사신이라고 불렸고 락토르 왕국민들에게는 나라를 지키는 젊은 영웅으로 알려졌다. 특히 특출 난 전술로 싸울 때마다 승리하여 상승장군으로 불리고 있다는 것도 풍문으로 들어서 알고 있었다.

"헬카이드 산맥 남단부터 사방 40평방킬로미터가 내 영지다. 그곳으로 오면 나의 독립여단의 보호를 받을 수 있다고 하면 된다."

"맡겨주십시오. 확실하게 소문내도록 하겠습니다. 저기… 그런데… 말입니다……."

"말해. 더듬거리지 말고."

"저희들도 거기로 가면 살려주시는 거 맞지요? 혹시 주먹 패라고 감옥에……."

"훗! 그럴 일은 없다. 다만!"

"꿀꺽!"

이안이 다만이라는 단서를 붙이자 루카는 마른침을 꿀꺽 삼키며 퉁방울만 한 눈을 치켜떴다.

"내 영지에서는 주먹패를 할 수는 없을 거다. 그것만 명심하고 오도록 해."

"히히! 그건 걱정하지 마십시오. 저도 퀼란 자작 때문에 돈 좀 모았으니 손 씻고 떳떳하게 살아볼 생각입니다. 히히히!"

루카가 떳떳하게 살겠다는 말을 하자 이안은 빙긋 미소를 지은 채 말했다.

"그 말, 잊지 않기를 바라겠다. 그리고 혹시라도 이상한 생각을 하는 녀석이 있을까 보여주는 것이다."

후웅! 지이이이잉!

"헙! 마, 마스터……."

"끄윽… 딸꾹!"

주먹패들은 이안이 롱소드를 뽑아들고 오러를 만들어내자 놀라 딸꾹질을 하며 경악했다.

"나는 너희들이 헥토르의 개들에게 나를 팔아도 잡히지 않는다. 내 소문을 들어서 알겠지만 나는 마검사라는 것만 기억하도록!"

"아, 넵!"

마검사라는 소문도 들은 기억이 있었다. 마스터의 반열에 오른 검사가 마검사일 때는 마법 실력도 그에 못지않다는 것을 의미했다. 자신들이 밀고를 해도 마법으로 도망가면 그만이라는 뜻이니 허튼 수작은 할 엄두도 내지 못하는 단어에 불과했다.

"아참! 지금 수비군이 얼마나 남아 있지?"

"정확한 것은 모르지만 대략 천여 명 정도 남은 걸로 압니다. 지난번에 술 먹으러 왔던 퀼란 자작의 심복이 그런 소리를 했으니까요."

술 먹으러 오면 자신도 모르게 절대 누설하지 말아야 할 정보를 스스럼없이 말하는 인간들이 있었다. 퀼란의 부하들도 자랑삼아 뻐기듯이 그런 사실들을 이야기했을 것이었다.

"좋아. 지금부터 너희들은 내가 시킨 것을 시행해라. 확실하게 소문이 난다면 너희들이 나중에 내 영지로 찾아왔을 때 섭섭지 않게 대우해 주겠다."

"충성을 다하겠습니다, 영주님!"

루카는 충직한 부하라도 된 것처럼 허리를 바닥에 이마를 찧으며 우렁찬 대답을 토해냈다.

'지하감옥이라……'

이안은 부하들을 모두 여관에 남겨놓고 홀로 나섰다. 이런 일을 행하는데 여럿이 움직이다 보면 사달이 발생할 수 있으니 그것을 방지하기 위함이었다.

타닷! 휘이익!

짧은 도약으로 힘을 얻은 이안의 신형이 공중으로 치솟아올랐다. 간단하게 10미터 높이의 내성의 벽으로 올라선 이안은 주변을 빠르게 살폈다.

'병력이 생각 외로 적은데……'

반란의 여파로 인해서 헥토르 후작의 영지에서 병력이 대거 빠져나간 상황인 것은 익히 알고 있는 일이었다. 그렇다고 해도 이런 거대한 영지를 지키는 병력이 너무 적다는 것은 문제가 있었다.

"하이드!"

흑마법의 일종인 하이드는 그림자 속에 숨는 마법으로 움직이는 것이 가능했다.

인비지빌리티는 움직일 때 자칫 노출될 가능성도 있고 심한 움직임은 자제해야 하는 터라 잠입을 할 때 가장 유용한 마법은 하이드 마법이었다.

스스스스슷!

이안의 신형이 그림자 속에 숨어든 채 빠르게 움직였다.

"응? 뭔가 이상한데……."

지하감옥을 찾느라 여기저기 쑤시고 다니는 이안은 막 한 명의 기사를 스쳐 지났다. 그때 기사가 뭔가 이상한 느낌을 받았는지 주위를 두리번거리며 중얼거렸다.

'이크… 기감이 무척 좋은 놈이로군.'

이안은 그림자 속에 숨어서 최대한 기척을 감췄다. 그래서일까 기사는 몇 번 뭔가를 찾는 듯하다가 이내 발걸음을 돌렸다.

'아티팩트로 사용하는 마법은 역시 문제가 있어.'

이안은 자신의 마나로 사용하는 마법이 아닌 아티팩트로

쓰는 마법이 완벽하지 않다는 것을 느꼈다. 거기다 아티팩트로 사용하는 마법은 시간 제한이 있어서 최대한 빠르게 움직이려다 보니 이런 상황도 겪게 되는 것이었다.

'기감을 열고 다른 이들의 마나가 가장 많이 느껴지는 곳을 찾아야겠다.'

이안은 이대로 돌아다니느니 차라리 기감을 통해서 다른 이들의 마나를 체크하는 것을 선택했다.

'후우… 많은 수의 마나가 몰려 있는데… 마나가 너무 강하다… 죄수들이 수감된 공간은 아니겠군.'

기감을 열어 조금씩 확장시켜 나가자 내성 안의 모든 영역이 그의 영역 안에 들어왔다.

마스터의 반열에 오른 이후 비약적으로 늘어난 기감은 이제 100미터 바깥에 기어가는 개미의 움직임 소리도 느낄 수 있을 정도로 발전해 있었다.

'저기다!'

이안은 미약한 기운들이 느껴지는 곳을 찾았다. 수십 명이 넘는 사람들의 마나가 느껴지는 곳이지만 그 기운이 상대적으로 미약하여 죄수들이거나 병자들이 풍길 만한 기운이었다.

스스스스슷!

그림자가 십여 명의 병사가 지키고 있는 지하감옥의 문을 스쳐 지나갔다. 아무도 그 기운을 느끼지 못하는지 멀뚱멀뚱 전방만 주시하고 있을 뿐이었다.

'저놈이 간수인가?'

보통 이 시대의 간수들은 고문도 할 줄 알아야 하기에 살기가 남달랐다. 사람을 죽이는 자들보다 더한 살기가 느껴지는 간수를 보며 이안은 가볍게 손을 뻗었다.

'슬립!'

후웅! 휘르릇!

마법이 펼쳐지자 간수는 갑자기 밀려드는 졸음에 고개를 꾸벅거리기 시작했다.

"흐아암… 왜 이렇게 졸리지……. 자면… 안 되는데……."

졸음을 참으려고 노력하는 듯했지만 이내 편안한 표정으로 테이블에 엎드려 잠을 청했다.

'간수는 됐고.'

간수를 지나쳐 아래 계단으로 내려간 이안은 감각에 잡히는 존재들을 살폈다.

"언락!"

지하 2층의 첫 번째 방문을 열고 안으로 들어간 이안은 그곳에 멍하니 앉아 있는 한 사람을 보았다. 꽤 오랫동안 감옥에 갇혀 있었는지 뼈만 앙상하게 남아 있는 죄수였다.

'이자는 아닐 거 같고.'

문이 갑자기 열리자 죄수는 어리둥절한 표정으로 뒤로 물러나 앉았다. 일단 감옥에 갇히면 온갖 고문을 당하는 것은 기본이었으니 간수가 들어올 때 겁을 내는 것이 자연스러운 행동일 것이었다.

"너는 무슨 죄목으로 이곳에 갇혀 있느냐?"

하이드 마법으로 그림자 속에 숨어 있는 이안의 음성만이 옥 안에 울려 퍼졌다. 그러자 놀란 죄수는 바닥에 넙죽 엎드리며 벌벌 떨었다.

"아이고… 살려 주십시오. 소인이 잘못했습니다요. 제발 살려주십시오."

아무런 이유도 대지 못하고 그저 살려달라고 비는 것을 보면 죄수의 신분이 평민 이하의 사람임을 알 수 있었다. 만약 귀족 출신이었다면 저렇게 비굴한 모습을 보이지는 않았을 것이다.

"몇 달 전에 이곳에 정보길드의 사람들이 갇혔다. 알고 있느냐?"

이안의 물음에 죄수는 고개를 가로 저었다. 옥문이 닫혀 있는 상황에서 누가 어디에 갇혀 있는지 알 수 없었을 것이었다.

'물은 내가 멍청한 거였나… 쯧!'

"슬립!"

이안은 가볍게 손을 저어 슬립 마법을 죄수에게 걸었다.

"흐아암······."

하품을 늘어지게 하더니 그대로 잠이 든 죄수를 뒤로 한 채 옥문을 다시 잠궜다. 지금 상황에서 이유도 없이 죄수를 구하는 것은 멍청한 짓일 뿐이었다.

'도대체 어디에 있는 거지?'

한 개의 층을 다 돌았음에도 원하는 죄수들은 나오지 않았다. 마지막 지하 3층으로 내려가자 또 다른 간수가 앉아 있었는데 심하게 등이 굽은 꼽추노인과 함께였다.

"그년은 아직도인가?"

"간수장님도 아시겠지만 그년이 워낙 독종이라서 말입지요."

꼽추노인은 두 손을 맞잡고 비굴하게 연신 상체를 굽히며 말했다.

"흠! 알펜 그놈도 입을 안 열고 있고··· 하! 이거 언제쯤이나 입을 열 수 있을지 모르겠군."

"헤헤! 워낙 상태가 안 좋은 탓에 더 이상의 고문은 자칫 죽게 될 우려가 있습니다요. 그러니 조금 늦추는 것이 어떨까 싶은뎁쇼."

"나라고 그걸 모르겠나. 퀼란 자작님이 워낙 쪼아대니 이러는 거 아닌가. 에잉!"

간수장이 짜증난다는 얼굴로 인상을 바짝 구기자 꼽추노인은 그저 상체를 숙여대며 그 비위를 맞출 뿐이었다.

"정보길드의 그놈들이 감춘 자금만 찾아내면 우리에게도 한몫이 크게 떨어질 거야. 그러니까 자네가 조금만 더 수고를 해줘야겠어. 알겠나?"

"염려 마십시오. 헤헤헤!"

꼽추노인은 간수장의 특별한 당부에 눈빛을 빛내며 누군가가 갇혀 있는 감방을 향해 시선을 틀었다.

'저곳이로군.'

이안은 두 사람의 대화에서 힌트를 얻을 수 있었다. 정보길드의 사람들은 아직도 이곳에 갇힌 채 수많은 고문을 받고 있다는 것이었다.

'대체 무엇을 감추고 있기에 고문을 받는 거지? 그저 돈이라면 저렇게 고문하지는 않을 건데.'

저 두 사람은 돈을 감추고 있다고 알고 있지만 이안이 생각하기에는 아니었다. 퀼란이라는 자작은 고리대금업을 하면서 챙긴 수많은 돈을 갖고 있었다. 그런 부자가 고작 돈에 연연하지는 않을 것이기 때문이었다.

끼익!

녹슨 경첩으로 인해 요란한 소리가 나는 문을 통해 꼽추노인이 안으로 들어갔다.

"으으… 나를 죽여… 죽이라고!"

독기 어린 음성이 문 밖까지 들려왔다. 나이는 그리 많지 않은 여인의 음성에는 분노와 한, 그리고 꺾이지 않는 의지가 담겨 있었다.

"흐흐흐! 죽이기는 내가 널 왜 죽이겠냐. 으흐흐흐!"

나무 형틀에 묶여 있는 여인은 전라의 모습이었다. 여기저기 고문의 흔적이 있었지만 그 상처들보다 아무것도 안 입고 있다는 것이 그녀를 더욱 분하고 한스럽게 만드는 요인이었다.

"큭! 더러운 꼽추새끼!"

"흐흐! 우리 이쁜이가 왜 이리 화가 났을꼬~"

능글맞은 목소리를 흘리며 노인은 여인에게 다가가 소담한 가슴을 우악스럽게 움켜쥐었다.

"으윽!"

낮은 비명을 지르는 여인의 얼굴에는 고통보다는 분노와 치욕감으로 인해 붉게 상기되어 갔다.

"개… 자시익… 으흑!"

노인의 손이 은밀한 부위로 파고들자 여인은 치욕과 분노로 온몸을 파르르 떨었다.

"그러니까 지금이라도 말하지 그러냐. 하기사 나는 네년이 말 안하고 버티는 것이 더 좋다만은······."

꼽추노인은 젊은 여인의 아름다운 몸을 떡 주무르듯이 만져대며 이죽거렸다.

'도저히 눈 뜨고는 못 봐주겠군.'

이안은 꼽추노인의 행동에 극도로 분노했다. 이 시대에서 여인이란 지켜주어야 할 대상이었고 기사들의 숭고한 경의를 받는 존재였다.

피릿!

"헉!"

헛바람 빠지는 소리를 내며 부르르 떠는 꼽추노인이 극악의 고통을 안겨주는 부위로 손을 뻗었다. 그러나 그 손이 상처로 채 뻗기도 전에 눈도 감지 못하고 바닥으로 쓰러져 버렸다.

"누, 누구신가요?"

꼽추노인을 죽인다는 것은 동지는 아닐지언정 적 또한 아니라는 의미였다. 그것을 빠르게 간파하고 누구냐고 묻는 여인의 물음에 이안이 모습을 드러냈다.

스스스스슷!

그림자로 이루어진 인간이 몸을 일으키자 곧 서서히 제 모습을 되찾으며 이안의 본래 모습으로 만들어졌다.

"쉿!"

"으으… 네……."

여인은 이안이 조용히 하라는 신호를 보내자 얼른 고개를 끄덕이며 입을 다물었다.

"매직 배리어!"

이안이 옥문에 마법적 방패를 만들어 외부로부터 격리시켰다. 완벽한 방어는 아닐지라도 소리가 흘러나가는 것은 막을 수 있을 것이었다.

"나는 이안 레이너요. 레이디는 혹 정보길드의 사람이오?"

"맞아요. 샐리 하워드이고 정보길드의 지부장이었던 앨리엇의 딸이에요."

"그렇군. 맞게 찾은 거 같군. 잠시 기다리시오."

이안은 롱소드를 뽑아 그녀를 결박하고 있던 두꺼운 쇠사슬을 향해 휘둘렀다.

쉬릿! 철컹!

두꺼운 강철 쇠사슬이 너무도 쉽게 갈라지는 것에 샐리의 눈이 동그래졌다.

저 정도의 두께를 지닌 쇠사슬이라면 익스퍼트 초급의 검사라고 해도 몇 번은 칼질을 해야 잘릴까 말까한 강도와 두께였다.

그런 것을 너무도 쉽게, 그것도 힘도 별로 쓰지 않는 듯한 모습을 보이며 잘라내는 것은 자신의 상상 이상의 실력을 지닌 검사라는 뜻이었다.

"가, 감사해요."

샐리는 손이 자유롭게 되자 곧바로 자신의 치부를 가린 채
고개를 숙였다.

"아공간 오픈!"

이안은 아공간 가방을 열고 그 안에 들어 있는 로브를 꺼내
샐리에게 내밀었다. 여자용 옷을 가진 것은 없었고 에일리에
게 주려고 구입해 놓은 로브가 몇 벌 있어서 그것을 내민 것
이다.

"어머… 고마워요."

샐리는 이안이 건네는 로브를 급히 받아들고 얼른 뒤집어
썼다. 그러자 한결 마음이 놓이는지 이안의 얼굴을 똑바로 쳐
다볼 수 있게 되었다.

"거기… 그런데 이안 님은 정보길드 사람들을 왜 찾으신
건가요?"

"도움을 받을 것이 있어서 왔는데 퀼란 자작이라는 놈에게
잡혀갔다는 말을 들었소. 그래서 구해주고 내가 원하는 도움
을 받을까 싶어서 말이요."

"아……."

도움을 얻으려고 하는 것이 무언지는 모르지만 붕괴된 정
보길드가 그 도움을 줄 수 있을지 의문이었다.

"후후! 정보를 얻으려고 하는 일은 아니오. 헥토르 후작령 내에 소문을 좀 퍼뜨릴까 하는 거니까 그리 어렵지는 않을 거요."

"아… 그렇군요."

정보길드에 속한 길드원들은 모두 죽거나 뿔뿔이 흩어진 상태였다.

그렇다고 해도 평소에 정보를 구하기 위해 만들어 놓았던 비선조직들은 그대로 남아 있었으니 소문을 내는 것 정도는 그리 어렵지 않았다.

"그 소문이 뭔지는 모르지만 제가 내드릴게요. 그러니 감옥에 갇혀 있는 남은 길드원들을 구해주세요. 특히… 내 동생… 알붐 하워드를 반드시……."

"알붐이라… 어차피 구하려고 한 것이니 걱정하지 마시오. 아참, 큐어! 힐링!"

후웅! 스르르르릇!

이안은 상처의 고통이 심할 텐데 아무렇지도 않게 행동하는 샐리를 보며 얼른 치유 마법을 걸었다. 성직자가 거는 신성마법보다는 못하겠지만 자신도 죽음에서 살아나게 한 마법의 힘이었다.

"아아… 고, 고마워요."

치유마법에 의해서 순식간에 작은 상처들이 아물어 버리

자 샐리는 한결 편안해지는 것에 작은 미소를 입가에 그렸다.

"몇 번 더 걸어주는 게 좋겠소. 힐링! 힐링!"

이안은 완벽하게 상처가 아무는 것이 나중을 위해서 좋겠다는 판단 하에 샐리에게 힐링 마법을 연속으로 걸었다.

감옥 내부에 자신만의 마나 자장을 만들어 외부에서 마나의 유동을 느끼지 못하도록 만들었기에 안심하고 마법을 쓸수 있었다.

"이곳에 있으시오. 나머지를 구해올 테니."

"저, 저도 같이 가겠어요."

여인은 위기에서 구함을 받으면 그 구해준 대상에게 호감을 갖게 된다. 누구라도 그렇겠지만 심장이 요동치는 상황에서 보게 되는 얼굴을 가슴의 두근거림이라 착각하기에 그러는 일면도 있었다.

"뭐… 상관없겠지."

이안은 어차피 간수가 잠들어 있는 상황에서 자신을 막을상대가 없다고 판단하고 샐리의 요청을 허락했다.

"갑시다."

"네, 이안 님!"

이안이 먼저 감옥의 문을 열고 나가자 샐리는 뒤떨어지지않게 종종걸음으로 그 뒤를 따랐다.

"으으……"

신음 소리가 흐르는 곳을 집중적으로 찾은 이안은 바로 옆 감옥 안에 늙은 남자의 고통에 찬 소리를 들을 수 있었다.

"언락!"

스르릉! 철컹!

마법으로 자물쇠를 연 이안이 문을 열고 안으로 들어가자 바닥에 나뒹굴고 있는 처참한 몰골의 노인이 앓는 소리를 내며 고통에 찌든 눈빛으로 멍하니 쳐다보았다.

"아악! 톨레 삼촌!"

샐리는 바닥에 쓰러져 있는 늙은이의 이름을 부르며 달려갔다.

"새, 샐리… 샐리냐?"

너무도 고통스럽고 처참한 상황인지라 힘겹게 샐리의 이름을 부르며 확인하는 노인의 눈은 여전히 멍하니 풀려 있다.

"삼초온… 괜찮아요? 이걸 어떻게 해… 흑흑!"

샐리는 자신의 고통과 치욕보다 삼촌의 처참한 몰골에 더욱 가슴 아파하며 울었다.

'가슴이 따뜻한 여인이군.'

꼽추노인을 비롯한 간수들에게 당했을 그 고통은 대수롭지 않게 행동했던 여인의 눈물에 이안은 서둘러 노인에게 마법을 걸었다.

"비켜보시오. 큐어! 힐링! 힐링!"

큐어 마법으로 혹시 모를 염증에 대비한 이안이 연달아 힐링 마법으로 체력을 회복시키자 노인의 눈에 점점 힘이 돌아왔다.

"하아… 하아아… 가, 감사합니다. 은공!"

자신의 조카를 구해주고 자신의 몸까지 치유를 시켜주는 이안에게 정중하게 감사의 인사를 건네는 노인의 얼굴이 정상을 되찾았다. 그것을 보고 이안은 또 하나의 로브를 꺼내 노인에게 건넸다.

"이거라도 걸치시오."

"감사합니다."

노인 역시 속옷이라고 부를 수도 없는 천 조각 하나로 치부를 가린 상태였다. 로브를 건네자 서둘러 걸친 노인은 조카인 샐리에게 물었다.

"다른 식구들은 어떻게 됐는지 아느냐?"

"아니요. 은공께 구함을 받은 이후 삼촌을 처음으로 본 거예요."

"으음… 그렇구나."

톨레 노인은 욱신거리는 상처가 전부 아물지 않아 살짝 눈살을 찌푸렸지만 이내 표정을 회복하며 말했다.

"은공, 사정은 모르겠지만 이왕 구해주신 거 제 식구들을 좀 구해주십시오. 이 은혜는 반드시 갚도록 하겠습니다."

"후후! 안 그래도 구할 생각이니 같이 나갑시다."

이안은 다른 감방 안에 있는 죄수들도 구하려면 시간이 촉박하다는 생각에 서둘러 다른 방으로 향했다.

그때부터 구한 지하 감옥 3층에 있는 30여 명의 죄수들을 모두 구했을 때 위층에서 분노에 찬 음성이 들려왔다.

"이 새끼가 죽고 싶어 환장했나. 감히 근무시간에 잠을 퍼 자!"

"드르릉… 코오……."

"어쭈! 이 겁대가리 상실한 자식을 봤나. 코까지 골면서 자네? 야! 일어나!"

퍼억!

"음냐… 드르렁… 커컥! 피유유유……."

발로 걷어차여 바닥에 쓰러진 상태에서도 계속 잠에 빠져 있는 간수장을 보며 화를 낸 상대는 뭔가 이상함을 느꼈다.

"마, 마법? 설마!"

"무슨 일이 있는 겁니까?"

"아무래도 이상하다. 침입자가 있는 거 같다. 비상종을 울려!"

"예, 바로 시행하겠습니다."

기사는 검을 뽑아들고 주변을 살폈다. 마법을 사용하여 간수장을 잠재울 정도의 실력자가 침입을 할 거라면 언제 어느 곳에서 암습이 가해질지 모를 일이기 때문이었다.

8장

그 조건을 받아들이지

이안은 기사가 아래층으로 내려오는 것을 느끼며 서둘러 구해낸 사람들을 모았다. 그리고 입구 쪽에 마법적인 방어벽을 만들어 낸 후 사람들에게 말했다.

"지금부터 마법으로 이곳을 빠져나갈 것이니 서로의 손을 잡도록 하시오. 절대 놓아서는 안 될 것이오. 알겠소?"

"예? 예!"

샐리는 마법으로 빠져나간다는 말에 화들짝 놀랐다. 이안의 젊은 외모를 생각하면 메쓰 텔레포트를 시전할 수 있는 6클래스의 마법사로는 보이지 않았기 때문이었다.

"모두 잡으세요."

"아, 알았다."

샐리의 일행들은 떨어지지 않으려고 서로의 몸을 부여안고 이안에게 바짝 밀착했다. 그러자 이안은 마나를 움직이며 메쓰 텔레포트를 캐스팅했다.

"뭐, 뭐야! 하압!"

쎄에엑! 티캉! 카카캉!

이안이 만든 마법 배리어를 깨기 위해서 기사의 검이 쉼 없이 휘둘러졌다. 점점 푸른빛이 사라져갈 무렵 이안은 캐스팅을 마무리할 수 있었다.

"우리를 내가 원하는 공간으로 보내다오, 메쓰 텔레포트!"

후우우웅! 스파앗!

이안의 마법이 시전되자 눈부신 빛이 바닥으로부터 뿜어져 나오며 마법진이 완성되었다. 그리고 그 빛은 그 안에 모여 있는 사람들을 한줄기 빛으로 만들어내며 공간의 틈으로 날려 보냈다.

지잉! 파앗!

"어이쿠!"

"에그머니나!"

메쓰 텔레포트로 공간이동을 해 온 사람들은 공간의 틈에서 밀려나오며 바닥에 나뒹굴었다.

"우욱!"

"허억… 허억… 고, 공간이동을 하다니… 하아…….'"

톨레 노인은 이안의 놀라운 능력에 경악의 눈빛으로 쳐다보았다. 자신들을 구한 사람이니 의심을 해서는 안 되지만 저런 능력을 가진 이가 자신들을 왜 구했을까 하는 의문은 여전했다.

"저… 저기 은공께서는… 누구십니까?"

톨레 노인의 물음에는 두려움이 조금 엿보였다. 6클래스를 완성한 마법사라면 어디를 가더라도 자작급의 대우를 받는다. 그런 존재가 자신들을 도왔다는 것이 뭔가 이상하여 약간의 두려움을 느끼는 것이었다.

"나는 이안 레이너 자작일세. 이번 헥토르의 반란에 공을 세워 독립여단의 여단장이 된 사람이기도 하지."

"아… 헥토르 후작의 반란…….'"

반란이 시작될 무렵 감옥에 갇힌 탓에 톨레 노인은 이안의 이야기를 듣지 못했었다. 그러니 그저 '아! 그런 사람이었구나' 하는 정도일 뿐이었다.

"혹시 신분을 확인시켜 줄 수 있으시겠습니까?"

"후후! 그렇게 하지. 여기 있소."

이안이 귀족의 작위를 증명하는 증명서와 독립여단의 여

단장이라는 것을 증명하는 신분패를 꺼내자 톨레 노인은 꼼꼼하게 두 가지 신분증명을 살폈다.

"확실하군요. 실례가 많았습니다, 자작님!"

"아니오. 그런 고통을 겪었으면 누구라도 믿지 못하는 것이 사실일 것이오."

"감사합니다."

톨레 노인이 고개를 숙일 때 마나의 유동을 느끼고 이안의 부하들이 여관의 뒤뜰로 몰려 나왔다.

"주군!"

"이 사람들은 뭡니까?"

맥기와 한스는 이안이 구해온 사람들을 보고 깜짝 놀랐다. 제대로 된 로브를 걸치고 있는 사람은 고작해야 다섯 명이었고 나머지는 천 조각으로 치부만 간신히 가리고 있는 상황이었다. 그들을 보고 놀라지 않을 사람은 없을 것이었다.

"헥토르의 감옥에서 구해온 사람들이다. 그러니 외부로 알려지지 않도록 만전을 기하라!"

"아… 충!"

맥기와 한스는 이안이 마법을 사용하여 날아올 정도로 중요한 사람들을 구해온 것이라 생각하여 급히 바깥으로 나갔다. 10여 명밖에 안 되는 인원이지만 지키는 것에는 그리 큰 문제가 없을 것이었다.

"저, 여기는 어딘가요?"

"여관의 안뜰이요. 이름이 뭐였더라……."

이안은 여관의 이름이 생각나지 않아 잠시 뜸을 들였는데 툴레 노인이 말했다.

"폴커네 여관이다, 샐리."

"아… 폴커 아저씨네 가게로군요. 다행이에요."

"응? 뭐가 다행이라는 건지 모르겠군."

이안은 두 사람이 하는 말을 듣고 의아해 하며 어깨를 으쓱거렸다. 그러자 툴레 노인이 희미한 미소와 함께 그 의아함을 풀어주었다.

"폴커는 우리 길드의 정보원입니다."

"아… 그래서 다행이라고 했던 거로군. 그렇다니 나도 다행인 거 같소."

폴커라는 여관 주인의 입을 막으려고 해도 적지 않은 수고로움이 필요했다. 그 수고로움을 덜어주는 일이었으니 이안으로서도 고마운 일이었다.

"부길드장님! 아이고… 아가씨!"

여관 쪽의 문이 열리고 여관 주인으로 알고 있는 폴커가 달려왔다. 그는 눈물을 흘리며 툴레 노인을 얼싸안으며 대성통곡을 하며 말했다.

"얼마나 고생이 많으셨습니까. 부길드장님……."

"아닐세. 자네라도 무사했으니 그것만 해도 다행스런 일이지."

툴레 노인이 풀커의 어깨를 다독이며 하는 말에 다른 길드원들도 풀커에게 괜찮다는 듯이 말을 건넸다. 한동안 그들의 해후를 지켜보던 이안은 곧 적들이 움직일 시간이라는 것을 느끼고 툴레 노인에게 말했다.

"지금까지 외부에서 들어 온 사람들은 우리가 전부이니 이곳으로 적들이 올 거요. 혹시 피할 곳이 있겠소?"

"아! 걱정하지 마십시오. 지하에 대피소가 있습니다."

"그럼 그곳으로 이동하는 게 좋겠소. 이곳에 계속 있다가는 언제 발각될지 모르니 말이오."

"그러시죠. 가시지요, 부길드장님!"

"그러세나."

풀커의 안내를 받아 여관 지하로 통하는 계단을 내려갔다. 술통이 가득 쌓여 있는 지하로 들어간 풀커는 횃불이 꽂혀 있는 곳을 가볍게 잡고 틀었다.

기깅! 구구구구궁!

기관장치가 되어 있는지 횃불이 놓인 곳을 틀자 술통이 가득 쌓여 있던 공간이 빙글 돌아갔다. 그리고 반대쪽에서 똑같이 생긴 구조물이 돌아오며 입구가 열렸다.

'정보길드라더니 이런 곳을 만들어 둔 모양이로구나.'

이안은 이들의 준비성에 희미한 미소를 머금으며 그들이 가는 곳을 따라 걸었다.

"부길드장님 여기에 계십시오. 저는 혹시 놈들이 오면 곤란해서 말입니다. 밤늦은 시간에 다시 오겠습니다."

"그렇게 하게. 우리는 오랜만에 휴식을 좀 취해야겠네."

"네, 그럼 쉬십시오."

풀커가 다시 기관을 원상태로 돌린 후 빠져나가자 너른 공간에 각기 자리를 잡은 정보길드원들은 오랜만에 취하는 휴식에 길고 긴 한숨을 내쉬었다.

'응? 놈들이 온 모양이군.'

이안도 오랜만에 마나를 많이 쓴 탓에 눈을 감고 휴식을 취하고 있었다. 그러다 지상에서 느껴지는 수많은 사람들의 기감을 읽고 눈을 번쩍 치떴다.

"무슨 일이 있나요?"

이안을 계속해서 지켜보던 샐리는 뭔가 이상한 낌새를 느끼고 이안에게 물었다.

"적들이 온 모양이오. 여기 있도록 하시오. 블링크!"

후웅! 스팟!

이안은 여관 주위에 살펴보았던 곳으로 곧장 블링크 마법으로 이동했다. 공간이동 마법 중에서 가장 마나의 유동이 적은 마법인 탓에 적들에게 고위급 마법사가 없는 한 이안의 이동을 알아채지 못할 것이었다.

"모두 나와서 검문에 응하기를 바란다. 혹 불응한다면 말 안해도 알겠지!"

바깥에서 목청을 높여서 외치는 자는 헥토르 후작가의 기사로 입고 있는 갑옷의 문양을 봤을 때 적어도 기사장급의 인사였다.

"이것 보십시오. 우리가 무슨 잘못을 했다고 이렇게 하는 겁니까?"

"관등성명을 밝혀라!"

"젠장… 8사단 10819백인대장인 렉스 빌모어 대위입니다. 그러시는 분은 누구십니까?"

"헥토르 후작 각하 휘하의 붉은수리 기사단의 기사장인 보르시오 남작이다."

"끄응……."

남작의 신분을 가지고 있는 기사장에게 무례를 범할 수도 없는 탓에 빌모어 대위는 신분증을 내밀었다. 그러자 모여든 맥기와 한스 등도 같이 신분증을 내밀었다. 그들이 가진 신분증은 8사단에서 사로잡힌 자들 가운데 인상착의가 가장 비슷한 자들의 것이었다.

"빌모어 대위!"

"말씀하십시오."

"오늘 하루 종일 이곳에 있었던 게 맞나?"

"거참! 나는 하루 종일 여기 있었고 내 부하들은 그 뭐냐…
그 주먹패들 이름이……."

"루카네 패거리입니다, 대위님!"

"그래. 그 루카네 패거리가 백성들을 괴롭힌다고 하여 그
들을 잡으러 갔었습니다. 그게 죄가 됩니까?"

"루카네 패거리? 으음… 그랬구만."

보르시오 남작도 퀼란 자작이 뒷배를 봐주고 있는 루카네
패거리가 악행을 저지른다는 소리를 들었었다. 단지 퀼란 자
작과 맞서기 싫어 들어도 못 들은 척하며 넘겼을 뿐이었다.
그런데 눈앞의 장교와 그 부하들은 백성들을 괴롭힌다는 소
리를 듣고 바로 출동하여 그들을 때려잡았다고 하니 칭찬을
해주어야 할 행동이라 생각했다. 그러나 대놓고 할 수는 없는
탓에 헛기침을 하며 말했다.

"큼큼! 대위의 부하들은 이게 전부인가?"

"그렇습니다. 지난 패전 이후 적들을 피해 동북쪽을 헤매
다 이곳으로 온 겁니다."

"흐음… 이상은… 없는 거 같은데……."

보르시오 남작이 보기에 빌모어 대위의 부하들에게서 딱
히 수상한 점은 엿볼 수 없었다. 느껴지기로는 다들 마나유저

최상급에 이른 실력들을 가지고 있을 뿐 실력자는 오로지 빌모어 대위 한 명에 불과했다. 그것도 익스퍼트 초급에서 중급으로 넘어가는 단계에 있으니 파옥을 하고 죄수들을 빼돌린 자와는 거리가 멀어도 한참 먼 일반 군인들에 불과했다.

"지금 영지 내에 수상한 자들이 돌아다니고 있네. 그러니 대위도 부하들의 단속을 잘 해야 할 것일세. 알겠나?"

"물론입니다. 이곳에서 한 발자국도 나가지 않겠습니다. 그러면 되겠습니까?"

"좋네. 그럼 무운을 비네."

"감사합니다, 기사장님."

빌모어 대위의 신분증부터 돌려주는 기사장은 이안과 그 부하들을 한 명씩 신분증을 넘겨주며 테스트했다. 그러나 그 누구도 이상한 조짐은 보이지 않는 것에 입술을 한차례 말아 올린 후 돌아가 버렸다.

'후우… 다들 어색하지 않게 연기들을 잘 하는군.'

오랜 군경력을 통해서 키운 것은 다들 담력뿐인지 얼굴에 철판을 깔고 행동했다. 그들의 연기력 덕분에 무사히 넘어간 것에 이안은 그들의 등을 두드려 준 후 다시 지하실로 돌아왔다.

"어떻게 됐나요?"

"별다른 일 없이 넘어갔소."

"하아… 다행이군요."

"샐리양도 피곤할 텐데 그만 쉬지 그러시오."

이안의 말에 샐리는 고개를 가로 저었다. 손톱과 발톱이 모두 뽑혀 나갈 정도로 모진 고문을 당한 동생의 얼굴을 한 번 쳐다본 후 샐리가 말했다.

"자작님께 부탁이 있어요."

"부탁이라… 한 번 해보시오. 내가 들어줄 수 있는 거라면 들어주도록 할 테니."

"네… 그게……."

입술을 질끈 깨무는 샐리의 얼굴에 뭔가 모를 부끄러움이 나타났다. 꼽추노인과 간수들의 더러운 고문에도 굴하지 않던 여인의 변화에 이안은 그저 미소만 지으며 그녀의 입이 열리길 기다렸다.

"퀼란… 퀼란 자작을 죽여주세요!"

강한 어조로 말을 하는 그녀의 눈에 다시 떠오른 것은 복수에 대한 강한 일념이었다.

"퀼란 자작이라… 내가 그를 죽여주면 나에게 돌아오는 대가는 뭐요?"

이안이 무표정한 얼굴이 되어 묻자 샐리는 입술을 다시 질 경질경 깨물었다. 정보길드는 완전히 와해됐고 이안에게 내어놓을 수 있는 것은 아무것도 남아 있지 않았다.

"그것은……."

샐리의 눈에 슬픔과 분노, 그리고 강한 복수에 대한 일념이 복합적으로 떠오를 때 잠자는 것으로 알았던 툴레 노인이 끼어들었다.

"복수만 할 수 있다면 우리 모두가 자작님을 위해서 일하겠습니다. 지금으로서는 이것밖에 할 수 없는 처지인지라……."

툴레 노인도 복수를 간절하게 원했다. 길드장인 형과 형수, 그리고 자신의 가족까지 지난 퀼란 자작의 공세에 모두 잃은 상황이었다. 남은 것은 조카 샐리와 알붐, 그리고 몇몇 길드원뿐이었다.

"흠… 좋소. 그 조건을 받아들이지."

이안은 어차피 정보를 담당하는 자들을 구할 생각이었기에 군말 없이 받아들였다. 다른 조건을 내걸어도 되었겠지만 지금 막 위기에서 벗어난 자들에게 과한 조건을 거는 것은 인간적이지 못하다는 생각에서였다.

"감사합니다. 복수가 끝나는 그 순간… 이곳에 있는 저희 모두가 자작님께 충성을 맹세하겠습니다. 크흐흐흑……."

툴레 노인의 울음 섞인 말에 이안은 말없이 그의 손을 잡아 주며 말했다.

"솔직히 복수를 청하지 않아도 퀼란 자작은 내 손에 죽었을 것이오. 인간의 탈을 쓰고 쓰레기 같은 짓만 하는 자이기에 그는 결코 곱게 죽지는 못할 거요."

"네… 부디… 그자를 죽여주십시오. 꼭……."

뭔가 숨기는 것이 있는 것처럼 보이지만 자신을 위해서 일해준다면 그 정도는 묵인할 수 있었다. 그리고 원래 이들의 것일 테니 이들이 되찾는 것을 욕심낼 이유도 없었다.

"헥토르 후작의 영지를 친다!"

정보길드의 사람들을 구해서 돌아온 이안의 선언에 친구들은 깜짝 놀랐다. 이번 헥토르의 반란을 통해서 많은 것을 얻어냈지만 자신의 전쟁은 여기까지라며 물러섰던 이안이었다. 그런 그가 헥토르의 영지를 공격하게 된다면 막바지에 몰린 그가 마지막 발악의 대상을 이안에게 돌릴 수도 있었다.

"정말 헥토르 후작의 영지를 공격할 거냐?"

"물론이다. 수비병도 별로 없고 그 남아 있는 놈들의 행태가 너무 가관도 아니더라고."

"흠… 어느 정도인데 네가 그렇게 열을 내는 거냐?"

안드레아의 물음에 이안은 퀼란 자작과 관련된 것들을 이야기했다. 그러자 친구들은 이안이 열을 내는 이유를 알 것 같았다. 특히 샐리와 그 일행들의 부탁을 들어주고 정보팀을 얻으려는 것에는 친구들도 찬성이었다.

"…그래서 헥토르 후작령을 박살 내야겠다."

"나는 찬성이다. 솔직히 난 그런 놈이 귀족이라는 것이 화가 난다. 억울하게 당하는 백성들을 구하기 위해서라도 나서는 것이 맞다고 본다."

안드레아가 찬성하고 나서자 나머지 친구들도 입을 모아 외쳤다.

"당장 쳐들어가자고!"

"후후! 좋아. 수비병은 그리 많지 않으니 5개 천인대 정도만 준비하자. 병력 점검은 맥컬리, 네가 맡아라."

"맡겨둬라."

"병참은 안드레아 네가 맡고. 토리 너는 샤베른하고 마동포 부대를 챙기는 거 알지?"

"알았다."

이름이 불리지 않은 티모시는 요새를 맡아야 한다는 것을 알았는지 별다른 말없이 이안이 한 말들을 적으며 기록으로 남겼다.

─보고합니다.

마법 수정구를 통해서 보이는 첩자의 보고에 마법사는 양피지를 펼치며 펜을 들었다.

"말하시오."

─독립여단이 움직일 것 같습니다.

"독립여단이 움직이다니 어디로 간다는 말이오?"

─아무래도 후작 각하의 영지를 노리는 것 같습니다. 이건 제 추론이기는 합니다만 독립여단이 있는 곳에서 공격할 곳은 이제 그곳밖에 남아 있지 않습니다.

"으음… 알겠소. 바로 보고 올리고 새로운 지시를 하달하리다."

─알겠습니다. 그럼!

마법 수정구에서 불이 꺼지자 양피지에 첩보원의 보고 내용을 적은 마법사는 작은 통에 넣은 후 위층으로 보고문을 올려 보내는 장치에 실어 보냈다.

지이잉!

아래층의 통신 마법사가 적은 보고문이 2층의 상황통제실로 올라오고 그것을 받아든 장교는 얼른 펼쳐본 후 다급하게 맥나마란 대령에게 달려갔다.

"대령님! 긴급보고문입니다."

"줘봐."

"여기 있습니다."

장교가 건넨 보고문을 펼쳐든 맥나마란 대령은 드디어 올 것이 왔다는 표정으로 고개를 가로저었다.

"각하는 어디 계시나?"

"대회의실에 계십니다."

"알았다."

맥나마란 대령은 윈터폴 요새가 점령당하고 난 후 2군단과 4군단의 합공에 간신히 버티고 있는 상황에 거의 절망하고 있던 차였다. 지금의 군세로는 두 군단과 영주들이 보낸 사병 집단의 힘을 이겨낼 수 없었다.

'그런 상황에서 각하의 영지가 공략당한다면… 그것은 최악 중의 최악의 상황이 된다.'

지금 남아 있는 군세는 고작해야 6만 정도였다. 기간트도 40여 대 남아 있을 뿐이어서 요새에 틀어박혀 쳐들어오는 것을 막는 것이 할 수 있는 일의 전부였다.

똑똑!

"들어와!"

대회의실에는 여러 명의 장군들이 앉아 있었다. 그중 상석을 차지하고 있는 헥토르 후작에게 다가가 보고서를 올렸다.

"이게 뭔가?"

"독립여단의 움직임에 관한 보고서입니다."

"그래?"

헥토르 후작은 독립여단에 지대한 관심을 쏟고 있었다. 이번 반란을 틀어지게 만든 원흉인 데다 그들이 가지고 있다는 마동포만 얻어낼 수 있다면 상황을 바꿀 수도 있다는 생각 때문이었다.

"이익!"

보고서를 와락 움켜쥐는 헥토르 후작은 분노로 온몸을 부르르 떨었다.

"어떻게 하시겠습니까?"

맥나마란 대령의 물음에 헥토르 후작도 뾰족한 수가 없었다. 요새는 방어에 특화된 곳으로 막는 것은 지금의 병력으로도 얼마든지 해낼 수 있었다. 하지만 군대를 빼내는 것은 이제 불가능에 가까웠다.

"방법이 없겠나? 그 찢어죽일 놈을 막을 방법 말이야!"

헥토르 후작의 음성이 몹시도 격앙되어 있는 것에 맥나마란 대령은 고개를 가로저었다.

"지금으로서는 방법이 없습니다. 독립여단을 막으려면 기간트도 빼내야 하는데 지금 상황에서는 요새를 포기하자는 것밖에 안 됩니다."

"으득!"

요새를 포기하면 그때부터는 모든 락토르 왕국군의 공세를 맨몸으로 막아야 한다.

요새 때문에 간신히 버티고 있는데 그 잇점을 버려야 하는 것이니 선뜻 그러자고 할 엄두도 나질 않았다.

"각하!"

"말하게."

휘하 장군 중에 하나가 걱정 어린 눈으로 헥토르 후작에게 말했다.

"언제까지 이 요새에서 막기만 할 수는 없는 거 아닙니까? 뭔가 다른 근본적인 대책이 필요한 시점입니다. 밑에 병사들도 요즘 들어 동요하고 있는 것이 보여서 말입니다."

"스태튼 소장!"

"예, 각하!"

"나도 알고 있고 이미 남부 라만 왕국을 움직일 방법도 진행 중일세. 그러니 조금만 참아. 알겠나?"

"하오나… 하아… 알겠습니다."

다른 장성들도 이미 반란은 실패로 돌아갈 것임을 알고 있었다. 어떻게 해서든 자신들이 살길이라도 찾아야 하는 것은 아닌가 하는 생각들을 하고 있었다.

'으음… 영지가 공격받으려고 하는 이 때… 부하들의 조짐도 이상하니… 하아…….'

헥토르는 초반에 반란을 일으킬 때만 해도 자신만만했었다. 체이스 제국과 남부 라만 왕국의 도움을 얻어냈을 때였으니 자신만의 독자적인 왕국을 세우는 것도 결코 꿈만은 아닌 상황이었다.

'남부 라만 왕국으로 간 놈들이 잘 해줘야 할 텐데… 그게 실패한다면… 별 수 없이 살길을 따로 찾아야 한다는 소린데…….'

헥토르의 심정은 말로 형용할 수 없을 정도로 복잡했다. 복수도 해야겠고 또 자신의 가족과 따르는 부하들을 살릴 방법도 찾아야 했는데 어느 것 하나 쉬운 것이 없었다.

'하아… 일단은 성에 있는 부하들부터 피신시키는 것이 낫겠군.'

구원하러 가지 못하는 상황에서 영지성에 있는 부하들이라도 대피시키는 것이 이득이라 판단했다.

만에 하나 이 요새마저 밀릴 경우 자신이 선택할 수 있는 것은 오직 하나였다.

바로 체이스 왕국이나 남부 라만 왕국으로 망명을 하는 거였는데 이를 위해서라도 충분한 자금과 힘을 남겨둬야만 했다.

쿠르르르르릉!

60대의 기간트 캐러밴이 일제히 몰려가는 것은 엄청난 장관을 연출했다.

마나 코어가 있는 엔진부는 거대한 강철괴물을 연상하게

했고 그 뒤에 달려 있는 짐칸은 작은 성이 움직이는 것처럼 보였다.

그런 커다란 강철 괴물들이 60대가 나란히 달려가자 뒤쪽으로는 거대한 흙먼지가 일어나며 시야를 뿌옇게 가렸다.

"이안! 이안, 저기 좀 봐!"

선두 캐러밴을 타고 달려가던 토리가 목청을 돋우며 외쳤다. 그의 말에 이안은 캐러밴의 탑차에 올라 전방에 보이는 헥토르 후작의 영지성을 쳐다보았다.

'어떻게 된 거지?'

영지성은 큰 화재가 일어났는지 사방에서 잿빛연기가 올라오고 있었다.

'이런… 설마!'

이안은 영지성의 앞쪽에 몰려나와 있는 수많은 사람들을 볼 수 있었다. 족히 만 단위는 넘는 사람들이 바닥에 주저앉아 대성통곡을 하고 있는 것이었다.

"부대, 정지하라!"

"부대 정지! 부대 정지!"

이안이 기간트 캐러밴을 멈추도록 지시했다. 만일 이안이 생각한 대로 헥토르 후작이 영지성을 불태우고 도망가도록 지시한 것이라면 이대로 군대가 몰려가면 자칫 분노한 백성들과 충돌할 우려가 있었다.

'일단 나와 친구 녀석들만 가는 것이 낫겠군.'

이안은 기간트를 타고 가는 것을 선택했다. 아무리 분노한 백성들이라지만 기간트를 상대로 폭동을 일으키지는 않을 것이기 때문이었다.

"토리! 샤베른을 내려라. 기간트만 움직인다."

"그래? 바로 준비할게."

토리가 선두 캐러밴에서 샤베른을 내리자 다른 캐러밴에서도 같은 작업이 이루어졌다.

모두 20대의 샤베른이 내려지자 이안은 자신이 타고 갈 기간트를 아공간 가방에서 꺼냈다. 아직 아티팩트 안에 아공간을 만들고 기간트를 넣을 능력이 되질 않아 선택한 방법이었다.

─무서워하지 마라. 나는 독립여단의 여단장이자 헥토르 반군을 토벌하러 온 이안 레이너 자작이다!

이안이 타고 있는 기간트에서 마법에 의해 증폭된 음성이 헥토르 후작의 영지민들에게 울려퍼졌다.

"이안 레이너 자작?"

"아! 그 소문의 이웃 영지 영주님이신가 보네."

"그 소문, 나도 들었지."

눈물을 그렁그렁 흘리며 불타고 있는 영지성을 망연자실

쳐다보던 영지민들은 이안의 기간트를 보며 수군거렸다. 이상하게 생긴 샤베른을 처음 보는 그들은 그 기간트를 보고 놀라워했다.

"자작님! 제발 저 불 좀 꺼주십시오."

"이렇게 부탁드리겠습니다, 자작님!"

영지민들은 기간트를 대거 몰고 온 이안에게 엎드려 빌며 영지성이 불타고 있는 것을 꺼달라며 애원했다. 그들이 폭동을 일으킬 것 같지 않자 이안은 뒤쪽에 도열해 있는 기간트 캐러밴을 향해서 신호를 보냈다.

—놀라지 마라, 지금 오는 기간트 캐러밴에는 내 휘하의 병사들이 타고 있다. 그들의 도움을 얻어서 영지성의 화재를 진압할 것이니 장정들은 모두 모여서 돕도록 하라!

"예예! 알겠습니다."

"어서들 모이자고, 어서!"

사람들은 자신들의 보금자리가 모두 불타기 전에 끌 수 있다는 희망이 생겨서인지 망연자실한 것에서 벗어나 대거 몰려들었다.

—모두, 영지성의 화재를 진압하도록!

"추웅!"

기간트 캐러밴에서 내리는 병사들이 일제히 영지성 쪽으로 몰려갔다.

그들이 가는 동안 이안은 토리에게 주변의 정찰을 명했다. 혹시 적들이 화재를 일으켜놓고 그것을 끄는 부하들을 노릴 수 있기에 주변 정찰은 필수적으로 해야 했다.

─토리! 샤베른 절반을 동원해서 주변을 정찰해. 나머지는 화재를 끄는 것을 돕고.

─정찰은 내가 나가지. 1조는 나를 따라오도록 해!

토리가 명령하자 샤베른 20대 중에서 열대가 그의 뒤를 따라 외곽 정찰에 나섰고 나머지는 삽과 곡괭이를 빙빙 돌리며 화재 진압을 위해 영지성으로 향했다.

─비켜라! 성문을 부술 테니.

이안은 기간트들이 쉽게 들어갈 수 있도록 굳게 닫혀 있는 영지성의 문을 향해 기간트를 몰아갔다.

부웅! 콰앙! 쾅쾅!

연속으로 두꺼운 성문을 두들기는 기간트의 주먹에 의해 굳게 잠겨 있던 문이 부서져 나갔다.

콰드등! 콰쾅!

문짝이 떨어져 나가 바닥에 처박히자 영지성으로 들어가는 입구가 활짝 열렸다. 그러자 이안의 기간트를 선두로 사람들이 우르르 몰려 들어갔다.

'일단 큰 건물의 화재부터 진압하는 것이 좋겠어.'

이안은 화재가 급속도로 번지는 것을 막기 위해 4층짜리

목조건물을 시작으로 불에 타고 있는 건물들을 부쉈다.

그러나 기간트를 타고 화재를 진압하는 것보다 마법으로 끄는 것이 더 낫다는 판단에 재빨리 기간트에서 내려 마법을 날렸다.

"아쿠아 스톰!"

후우웅! 휘이이이잉!

물의 폭풍이 100여 미터 범위를 휩쓸고 지나갔다. 순식간에 마법이 펼쳐진 지역에 불이 꺼지고 매캐한 수증기가 치솟아 올랐다.

"오오! 마법이다!"

"마법사님께서 화재를 진압하고 계신다."

"우리도 힘을 내서 불을 끄자고!"

광범위 마법으로 화재 진압을 돕자 사람들은 더욱 힘을 내서 자신들의 보금자리를 지키기 위해 노력했다.

그 필사적인 노력 덕분인지 이안이 이끌고 온 5천의 병력까지 더해지자 절반 정도의 피해만 남기고 화재를 진압할 수 있었다.

'으득! 이 빌어먹을 새끼를 어떻게 한다?

이안은 마지막 화재가 일었던 건물의 불을 끄고 난 후 이번 화재를 일으킨 주범인 헥토르 후작에 대한 분노를 억누르지 못했다.

비록 자신이 공격을 가한 것 때문에 일어난 것이라고는 하지만 한때나마 자신의 백성들이었던 영지민의 생활터전 자체를 날려 버리려 한 극악무도한 자에 대한 분노였다.

9장

둘 내 영지로 가자고

불이 완전히 꺼졌어도 후속조치를 해야 할 일이 태산이었
다. 갑자기 집을 잃은 사람들을 위해 그들이 머물 공간을 마
련해주는 것부터 먹을 것조차 없는 이들에게는 식량도 마련
해줘야 했다.

"큰일이다. 큰일!"

"이들을 버려두고 갈 수도 없고… 어쩐다?"

이안은 걱정스런 표정을 지우지 못하는 안드레아와 친구
들을 보며 이를 앙다물었다.

'헥토르 후작이 시킨 일이냐… 아니면 그 개자식… 퀼란

자작이 혼자 벌인 일이냐인데.'

아무리 생각해도 헥토르 후작이 시킨 일이라고 보기에는 어려웠다. 헥토르 후작가문이 백여 년이 넘는 시간 동안 공들여서 키워온 영지였다. 그런 곳을 하루아침 만에 잿더미로 만들려고 했을까 하는 의문이 든 것이었다.

"안드레아, 네가 여기를 좀 맡아라."

"어디를 가려고?"

"퀼란 그 새끼를 잡아야겠다."

"퀼란 자작? 아! 그 거지발싸개 같은 새끼 말하는 거냐?"

"반드시 잡아서 죗값을 치루게 해야지. 저 많은 사람들은 무슨 죄라고… 불을 질렀으면 그 죄를 당연히 받아야 하는 거 아닌가?"

이안이 퀼란을 잡으러 간다고 하자 친구들은 모두 퀼란 자작만은 잡아야 한다는 의견이 팽배해졌다. 비록 살아온 삶은 그리 오래되지 않았지만 그런 자가 떵떵거리고 잘 산다면 그것은 도저히 묵과할 수 없는 일이라 여긴 것이다.

"알았다. 꼭 잡아와라."

"당연하지."

그렇게 이안은 불탄 헥토르의 영지를 추스릴 병력을 놔두고 절반의 병력만 이끈 채 퀼란 자작의 추적에 돌입했다.

"어서 체이스 국경을 넘어야 한다. 서둘러라!"

퀼란 자작은 헥토르 후작으로부터 연락을 받은 후 이안의 군대가 몰려올 때까지 시간이 얼마 남지 않은 것을 알았다. 그가 선택한 방법은 영지를 불태우고 시간을 버는 방법으로 인간이 해서는 안 될 극악무도한 짓이었다.

"자작님, 정말 체이스 제국에서 우리를 받아줄까요?"

"보르시오 남작, 당연한 일일세. 우리가 가지고 가는 금은 보화면 일개 성을 사고도 남을 액수야. 세상은 돈이 있으면 절대 박대받지 않는다니까. 나만 믿으라고, 알겠나?"

"흐흐! 알겠습니다. 자작님!"

퀼란 자작이 이끄는 헥토르 영지성의 수비병력은 모두 2천으로 기사 30여 명과 함께 체이스 제국의 국경을 향해 가고 있었다. 퀼란 자작은 영지민들의 고혈을 쥐어짜 막대한 자금을 수탈했고 그 돈으로 망명하려고 하는 것이었다.

두두두두두두!

후방에서 들려오는 급박한 말발굽 소리에 퀼란 자작과 보르시오 남작은 시선을 틀어 동남쪽을 쳐다보았다. 그러자 그 방향으로 급하게 말을 달려오는 척후대의 모습이 보였다.

"척후대가 달려오는 것을 보면 아무래도 상황이 어려워진 것 같습니다."

보르시오 남작은 퀼란 자작의 가족과 자신을 비롯한 기사들의 가족들을 모두 데리고 국경을 넘는 것이 시간을 너무 많이 잡아먹었다는 생각이 들었다. 일반인인 가족들은 아무리 마차에 태워서 이동한다고 해도 병사들이 움직이는 것과는 비교할 수 없을 정도로 느리다는 것이 문제였다.

"이런… 벌써 화재를 진압했다니… 어떻게 하는 것이 좋겠나?"

"으음! 방법은 병력의 일부를 돌려서 적을 막고 그 틈에 최대한 멀리 도망가는 방법 밖에 없습니다."

"그럼 어서 그렇게 하게. 두 시간 정도만 달리면 국경인데 그동안만 시간을 벌면 되는 거야. 알겠나?"

"하아… 제게 맡겨주십시오. 대신 어느 정도 시간을 벌고 뒤따라갈 테니 국경에서 기다려 주셔야 합니다."

"염려 말고 어서 가기나 하게."

"예, 자작님!"

보르시오 남작은 일단 기사들 절반 정도를 가족들의 보호를 위해 남기고 15명의 기사와 1천기의 기병만 이끌고 후미로 빠져나갔다.

"보르시오 남작이 시간을 벌어줄 때 국경을 넘어야 한다. 모두 최고 속력으로 달려라!"

"예, 자작님!"

마차를 모는 마부들은 모두 퀼란 자작의 사병들로 이루어

져 있었다. 가족들까지 모두 데리고 가는 것이라 안전을 최우
선시 했지만 이제는 상황이 달라져 버렸다. 하여 마부들은 말
들이 콧김을 씩씩 불어댈 정도로 격하게 몰기 시작했다.

"캐러밴을 세워라!"

끼이익! 끼기기긱!

이안의 명령에 30대의 기간트 캐러밴이 일제히 멈췄다. 전
방에서는 천여 필의 전마가 전속력으로 달려오고 있었고 거
리는 채 5분도 걸리지 않을 것이었다.

"토리! 마동포를 준비해."

"맡겨둬."

토리는 기마병들을 일제히 제압할 생각으로 끌고 온 모든
마동포를 동원했다. 샤베른으로 마동포를 내려 방렬하고 일
제 포격을 가할 준비를 끝마쳤다.

"마동포 발포 준비!"

"1번 포수 준비 끝!"

"2번 포대……."

준비가 끝난 포대들부터 차례로 우렁찬 복명복창으로 신
호를 보내왔다. 포병들의 눈은 그 어떤 때보다 강렬하게 빛나
고 있었는데 영지 하나를 불태우고 도망간 자들을 응징하겠
다는 강인한 의지가 엿보였다.

두두두두두두두두두두두!

여전히 맹렬한 기세로 치달아오는 기병들의 움직임은 단숨에 돌격으로 끝장을 내겠다는 전술이었다. 기병들이 할 수 있는 가장 최고의 전술이 바로 그것이었으니 딱히 나쁘다고 할 수는 없었다.

"크로스보우를 들어라!"

기간트 캐러밴이 일렬로 늘어서고 그 앞에 준비되어 있는 마동포를 보면서도 정면 돌파를 선택한 보르시오 남작이 말 안장에 준비해 놓은 크로스보우를 들었다. 장력이 강한 크로스보우는 200미터까지 날아가 적을 살상할 수 있는 대인살상 병기로 기병전에서 적진을 무너뜨릴 때 많이 사용했다. 크로스보우로 일차 사격을 가해 적의 방어진이 무너질 때 렌스차징으로 적진을 괴멸시키는 전법인 것이다.

"사격 준비!"

남작의 구령에 말을 달려가는 기병들이 일제히 크로스보우를 들고 사거리 안으로 적들이 들어오기를 기다렸다. 매서운 눈매를 드러내며 곧 목표물을 향해 방아쇠를 당길 일념만 가득했다.

"웃기는 놈들이네. 고작 크로스보우로 우리를 어떻게 해보려는 건가?"

토리는 마동포대를 운용하며 적들이 300미터 안으로 들어오기만 기다렸다. 크로스보우의 사거리보다 훨씬 거리가 긴 마동포의 에어블래스트 마법으로 한 번에 쓸어낼 생각이었다.

"한 방에 보내야 한다. 모두들 긴장하도록!"

토리는 천여 필의 전마들이 쇄도하는 모습에 조금은 긴장했다. 전에는 기간트 캐러밴에 올라타고 있어서 기병대의 돌진이 그렇게 위압적으로 다가오지 않았었다. 하지만 지금처럼 지면에 내려서 있는 상황에서 보이는 기병대의 돌진은 무척이나 강하고 맹렬한 기세를 담고 있었다.

'500… 400… 350!'

토리는 거리를 재다가 포격 위치에 적들이 들어오자 득달같이 외쳤다.

"포격개시! 이후 자유포격을 가하라!"

"추웅!"

후웅! 쿠콰콰콰콰콰콰콰콰쾅!

수십 대의 마동포가 일제히 하얀 빛을 뿜어냈다. 에어블래스트 마법만으로 쏘아지는 것이라 사정거리 안의 적에게 날아가 그대로 바람의 칼날들이 사방을 휩쓸어 나갔다.

"마, 마법이다!"

"으아악! 사, 살려줘!"

"크히히힝!"

에어블래스트의 범위 안으로 들어온 모든 것들이 갈가리 찢겨져 나갔다. 붉은 피가 사방으로 뿌려지고 한 번의 공격으로 1/3에 달하는 적들이 피떡이 되어 쓰러지는 것에 돌진해 오던 기병대들은 공포로 전의를 잃어갔다.

"연속으로 사정없이 쏘아라! 적들을 한 번에 괴멸시켜야 한다! 쏴라!"

토리가 검을 뽑아들고 목청이 터져라 외쳤다. 그러자 사수들도 훈련을 받은 대로 마동포의 에어블래스트 마법의 5중첩이 아닌 각기 마법진을 따로 운용하여 마법을 연사해 나갔다.

"죽어라 이놈들! 발포!"

후웅! 콰아앙! 콰앙! 콰콰쾅!

마법진이 채워지는 대로 계속해서 포의 발사각만 낮춰가며 연사하자 전방은 투명한 바람이 만든 파괴력들로 충만해져갔다.

"으으… 저, 저것이 마동포… 미친! '

보르시오 남작은 처음 포격이 시작되었을 때 말을 멈추고 뒤로 물러섰었다. 그러나 다른 부하들은 그대로 돌격을 멈추지 않았고 그 결과가 지금 그의 눈앞에 보이는 아수라장이었다.

'그 짧은 시간에 천여 기의 기병대가… 전멸이라니…'

괴멸적 타격을 받은 기병대는 더 이상 기병대라고 부르기도 어려웠다. 살아남은 자라고는 고작해야 수십 명에 불과했고 그나마도 전마에서 떨어지면서 말의 사체에 가려져서 살아 있는 거였다.

"도, 도망가라! 도망가!"

보르시오 남작은 마동포의 위력이 이 정도로 대단한 것인지 처음으로 겪어보는 거였다. 그 결과 마동포는 수십 명의 5클래스 마법사들이 마법을 난사하는 것과 같은 어마어마한 위력으로 다가왔다.

'으으… 앞으로 전쟁은 저 마법병기로 인해서 바뀌게 될 것이다… 반드시!'

고작 100여 명의 병사들이 낼 수 있는 위력이 40명의 5클래스 마법사들과 같다면 세상은 마동포를 가진 자들에 의해서 점령당하게 될 것이라 생각했다.

"조금만 더 가면 국경이다! 속도를 더 올려라! 어서!"

계속된 퀼란 자작의 채근에 마부들은 미친 듯이 채찍을 휘둘러 속력을 올렸다. 그들의 눈에 들어 온 체이스 제국의 국경수비대가 지평선의 끝에 보이고 있으니 말이 쓰러지더라도 달려야 할 판이었다.

'으흐흐! 이제 나는 체이스 제국의 귀족으로서 다시 살아가는 것이다. 그 누구도 나를 건드릴 수 없을 게야. 암!'

퀼란 자작은 자신이 타고 있는 마차에 빼곡하게 쌓여 있는 보물 상자들을 보고 가슴이 뿌듯해졌다. 15개가 넘는 상자에는 금화와 금괴들이 가득했고 많은 보석 주머니들도 들어 있어서 일가는 물론이고 자손 10대가 흥청망청 써도 될 정도였다.

쿠르르르르릉!

퀼란 자작은 갑자기 뒤에서 울려오는 소리에 깜짝 놀랐다. 마나를 다루는 기사이기에 오감이 발달했고 그 덕분에 먼 거리에서 울려오는 소리를 남들보다 먼저 들을 수 있었다.

"이런……."

자작은 마차의 지붕으로 올라서서 뒤쪽의 평원을 쳐다보고 망연자실한 표정을 지었다. 기병대 1천여 기가 막으러 갔었고 그 시간은 불과 1시간도 되지 않는 시간이었다. 그런데 벌써 적들이 따라붙었고 점점 거리가 좁혀오고 있었다.

"저, 적이 나타났다! 서둘러라! 채찍을 가해라, 어서!"

"예? 옙!"

마부들은 퀼란 자작의 명령에 더욱 강하게 채찍질을 해대며 말들을 몰았다.

"이랴! 이랴! 달려라! 달려!"

"크히히히히힝!"

말들은 입에 게거품을 낼 정도로 지쳐 있는 상황이었지만 채찍질이 가해지자 근육이 터져나가라 달려야만 했다.

―멈춰라! 나는 독립여단의 여단장이자 레이너 영지의 영주인 이안 레이너 준장이다. 너희들을 반역죄 및 백성들의 삶의 터전을 파괴한 방화죄 및 살인 등등으로 체포하겠다!

뒤에서 들려오는 이안의 마나가 실린 음성이 울려 퍼지자 마부들은 바짝 얼어붙었다.

"겁먹을 거 없다. 국경만 넘어가면 저들은 우리를 절대 쫓아오지 못한다! 어서 가자!"

"옙! 자작님!"

국경만 넘으면 모든 것이 끝나는 상황이라는 말에 마부들도 힘을 내어 다시 채찍질을 가했다. 벌써 국경선의 체이스 제국 국경수비대는 전열을 가다듬고 이쪽의 상황을 살피고 있는 상황이었다. 자신들이 넘어간다면 국경수비대의 보호를 받게 될 것이었다.

'아흐흐흐… 미치겠네. 이놈의 말은 왜 이리도 느린 거냐!'

퀼란 자작은 미친 듯이 추격해 오는 기간트 캐러밴의 속도가 상상외로 빠른 것에 상대적으로 마차의 속도가 느리다고 한탄했다. 그러나 실제적으로 기간트 캐러밴의 속도는 마차를 따라잡을 수 없었다. 말이 달리는 속도가 평균적으로 시속 50km를 유지하는데 반해서 기간트 캐러밴은 40을 넘기 어려웠기 때문이었다.

"여기는 체이스 제국이다. 국경을 넘어오는 자들은 멈춰서라!"

국경 수비대의 대장으로 보이는 자가 나서서 마차를 멈추라고 소리를 질렀다.

"나는 락토르 왕국의 퀼란 자작이오. 지금 나는 락토르 국왕의 학정을 피해 체이스 제국에 망명을 하려 하오! 그러니 우리를 보호해 주기를 청하오!"

퀼란 자작이 마차의 지붕에 서서 그렇게 외치자 국경 수비대의 대장은 망명신청을 받았을 때의 행동강령에 따라 움직였다.

"망명자들을 보호하라! 체이스 제국은 망명하는 자를 절대 저버리지 않는다!"

"충!"

병사들이 국경 바로 앞까지 다가와 대형을 갖추며 마차가 통과할 수 있도록 길을 만들었다. 그리고 그들이 모두 통과하면 바로 방어대형으로 바꾸어 추격하는 이안의 부대를 요격할 요량이었다.

"빨리 달려라! 빨리!"

퀼란 자작은 뒤를 계속해서 돌아보며 거리를 쟀다. 그리고 국경을 돌파할 때까지 결코 잡히지 않을 거라는 생각이 들자 그제야 마음을 놓으며 회심의 미소를 지었다.

"흐흐흐! 어리석은 놈들… 어디 뭐 빠지게 쫓아와 보거라. 나는 체이스 제국으로 넘어갈 테니까 말이야. 푸하하하하!"

앙천광소를 터뜨리며 기꺼워하는 퀼란 자작의 웃음소리가 마나에 실려 퍼져 나가며 너른 평원에 가득했다.

"저런 개만도 못한 자식을 봤나!"

추격하는 토리는 기간트 캐러밴의 느린 속도에 분통을 터트리며 발을 동동 굴렀다. 아무리 쫓아가려고 해도 퀼란 자작의 마차들이 내는 속도를 따라갈 수 없었다. 이제 곧 국경이었고 그곳에는 체이스 제국의 국경수비대가 일자로 포진하고 퀼란 자작을 망명신청자로 받아들일 것이었다.

"속도를 더 올릴 수는 없나?"

토리가 외치는 소리에 기간트 캐러밴을 모는 조종사가 머리를 긁적이며 외쳤다.

"그게 어렵습니다, 대령님!"

"으득!"

"지금도 마나 코어에 진동이 있는 것이 무리하고 있는 건데 말입니다."

"하는 수 없지. 젠장!"

토리가 헛발길질을 하며 분노를 풀려고 할 때 이안이 다른 기간트 캐러밴에서 모습을 보였다.

"걱정하지 말고 국경까지 가면 된다. 내가 먼저 갈 테니 네가 부대를 이끌고 와서 국경에서 퀼란 자작을 포위하도록 해. 알았냐?"

"무슨 방법이 있는 거냐?"

토리가 기대에 찬 눈빛으로 물었다. 그러자 이안은 아무런 대꾸도 없이 빙긋 미소를 지은 후 캐러밴을 박차고 허공으로 몸을 날렸다.

"야! 대답은 해주고 가야지! …써글… 그냥 가버렸네."

토리는 무정한 친구 녀석의 행동에 입술을 삐죽거리며 허탈한 미소만 내보였다.

파파파파팟!

마스터의 반열에 오른 이후 이안의 몸놀림은 그 이전과는 차원이 다를 정도로 바뀌어 있었다. 한 번의 도약으로 10여 미터를 뛰어넘는 터라 전마가 달리는 속도보다 훨씬 더 빠르고 탄력적인 움직임이 가능해졌다.

'퀼란 자작… 네놈의 뜻대로는 안 될 것이다!'

이안은 이를 악물고 마나를 운용하여 국경을 향해 치달렸다. 어느새 퀼란 자작의 마차부대와 거의 나란히 달릴 정도였고 그들 중의 몇몇 궁수들이 쏘는 화살을 검으로 쳐내며 미친 듯이 내달렸다.

"저저… 저자를 막아라! 쏴라! 화살을 쏴라!"

퀼란 자작은 미친 듯이 달려가는 이안이 자신의 마차를 제치고 국경으로 가는 것이 마음에 걸렸다. 왜 저자가 국경으로 가는 것인지 그 이유를 몰랐지만 결코 자신에게 이로운 일은 아닐 거라는 생각으로 외쳐댔다.

"피피피핑! 파파파팍!

화살이 날아와 이안이 달려가는 뒤쪽에 내려꽂혔다. 워낙 빠른 움직임을 보이는 터라 궁수들의 화살이 날아왔을 때는 이미 그곳을 스쳐 지나간 뒤였다.

"전원 발사 준비!"

국경 수비대의 대장이 외치는 소리에 그의 부하들이 일제히 활시위를 당기며 이안을 노렸다. 그러자 이안은 달려가는 것을 유지하며 외쳤다.

"나는 락토르 왕국 독립여단의 여단장이며 강철의 모루 일족의 동맹인 이안 레이너 자작이다. 공격을 멈춰라!"

"응? 이안 레이너 자작? 그, 그가 왜……."

국경 수비대의 대장도 이안 레이너 자작에 대한 이야기를 상부로부터 하달받았었다. 결코 무례를 범해서는 안 되고 무슨 일이든 제국이 위협받는 일이 아니라면 그의 뜻대로 따라 주라는 명령이었다. 만일 그의 기분을 상하게 만들어서 마동포를 수입하지 못하는 사태가 발생하면 국경수비대의 대장자리가 그의 목을 지켜주지는 못할 것이었다.

"공격 중지! 중지하라!"

갑작스런 대장의 명령에 시위를 놓으려던 궁수들이 일제히 멈추며 자신들의 대장을 향해 시선을 집중했다. 왜 그런 명령을 내리느냐는 의문이 섞인 그 눈빛에 대장은 신경질적으로 반응했다.

"꼬우면 니들이 대장하든가!"

"끄응⋯⋯."

수비대장의 말에 모두가 침음성을 흘리며 이안의 접근을 허락했다. 그때 마차들을 제친 이안이 국경 수비대의 대장 앞으로 달려와 섰다.

"반갑소. 나는 이안 레이너 자작이요."

"반갑군요. 국경수비대장인 가드너 남작입니다."

왕국의 자작과 제국의 남작은 동급으로 취급되었다. 하지만 가드너 남작은 지시받은 것이 있어서인지 정중한 어투로 이안을 대했다.

"요청할 것이 있어서 왔소."

"말씀하시죠."

"퀼란 자작의 망명을 받아들이지 않았으면 하는 바요."

"흠⋯ 그것은 제가 상관할 문제가 아니지 싶습니다만."

국경수비대의 대장이 망명자의 적격여부에 대한 판단을 내릴 수는 없었다. 일차적으로 망명을 요청받으면 그를 보호하고 상부에 상주하여 그 명령을 기다려서 처리하는 것이 기본적인 일처리였다.

"저자는 반란을 일으킨 헥토르의 부하로 도망갈 시간을 벌기 위해 영지에 불을 지른 자요. 기사로서… 도저히 해서는 안 될 극악무도한 짓을 저지른 자란 말이오. 그런 자를 망명을 받아들인다면… 체이스 제국의 명예에도 흠집이 갈 거요!"

이안이 강하게 압박하자 국경 수비대의 대장인 가드너 남작도 흠칫했다. 귀족으로서 도저히 해서는 안 될 짓을 저지른 자라는 소리였다. 하지만 이안이 거짓말을 할 수도 있는 것이라 섣불리 판단할 수도 없었다.

"하지만… 한쪽의 말만 듣고 일을 처리할 수는 없습니다. 그 점을 양해해주기를 바랍니다."

"으음……."

가드너 남작의 입장도 이해할 수 있는 바였다. 그러나 이대로 퀼란 자작이 체이스 국경을 넘어 망명자로서 빠져나간다면 다시는 그를 잡아들일 방법이 없었다.

"으득!"

후웅! 지이이잉!

이안이 롱소드를 뽑아들고 오러를 불러 일으켰다. 그러자 1미터가 넘는 오러소드가 롱소드에서 피어올라 이글이글 타올랐다.

"내 마스터의 명예를 걸고 하는 말이오. 저자는 극악무도한 범죄자요! 아시겠소!"

이안의 검에서 이글이글 타오르는 오러소드와 그의 눈에서 강렬하게 터져 나오는 안광이 무섭게 가드너 남작을 압박했다.

"마, 마스터… 하아……."

마스터라는 이름이 갖는 무게감은 상상을 초월하는 것이었다. 그리고 그가 자신의 마스터로서의 명예를 걸고 하는 말을 무시할 수도 없었다.

"위대한 검의 완성자께 무례를 범했습니다. 마스터를 뵙니다!"

가드너 남작이 정중한 군례를 취하며 인사하자 이안도 검의 오러를 거두며 목례로 예를 받았다.

"그 예를 받아들이겠소."

"감사합니다, 마스터!"

가드너 남작은 적국의 마스터이지만 최선의 예우를 다하며 그의 말대로 따라주기로 했다. 제국의 명예를 위해서라도 저런 극악무도한 범죄자를 받아들이는 것은 자신 스스로도 반대였다.

"크흠! 나는 퀼란 자작으로 망명을 신청하오. 저기 있는 이들은 나의 휘하의 사람들로 목적은 같소."

퀼란 자작이 어느새 달려와 망명을 신청한다며 말했다. 체이스 제국 국경수비대의 병사들은 수비대장의 명령이 없어서인지 퀼란 자작을 제지하지 않았다.

"난 국경수비대장 가드너 남작이오. 그런데 망명을 신청한다고 하셨소?"

"그렇소이다. 락토르 국왕의 귀족 억압정책에 반해 반기를 들었으나 실패할 거 같아서 살길을 찾아 망명을 하려는 것이오."

"크큭! 망명신청은 거부하겠소."

"뭐, 뭐요? 이보시오. 망명신청을 받으면 일단은 상부에 보고하고 그 결과를 기다리는 것이 국제적인 관례요. 수비대장께서 거부할 사안은 아니지 않소이까!"

이안이 팔짱을 낀 채 노려보고 있는 것에 퀼란 자작은 당황하여 목소리를 높였다.

"자, 자작님… 독립여단이 뒤를 완전히 포위했습니다. 어, 어떻게 할까요?"

"조용! 지금 이야기하고 있는 거 안 보이나!"

"하오나… 아, 알겠습니다."

퀼란 자작의 눈빛이 사나워지자 보고한 기사는 얼른 뒤로 물러서며 이안을 경계했다.

"국경을 넘으면 침입으로 간주하고 국경수비대를 동원하여 반격할 것이니 그렇게 알고 돌아가시오."

"이보시오. 지금 나와 내 부하들을 잡으려고 온 저들이 안보이시오. 돌아가면 우리는 그대로 죽는단 말입니다. 그리고 세상에 이러는 법은 없소이다. 품에 들어온 짐승도 보살피는 것이 인간인데 망명을 신청하러 사지를 뚫고 온 우리를 내치다니요!"

열변을 토하는 퀼란 자작의 애원어린 말에도 남작은 묵묵부답하며 고개만 좌우로 가로저었다.

"내 10만 골드는 드리리다. 우리의 망명을 받아주지 않아도 좋으니 이번 위기만 넘기게 해주시오. 어떻소?"

나중에는 안 되겠다 싶었는지 돈을 주겠다며 남작을 꼬였다. 그러나 이안이 눈을 시퍼렇게 뜨고 있는 상황에서 돈을 받겠다고 할 간담이 남작에게는 없었다.

'제기럴… 10만 골드 받았다가 목이 달아나면 그게 무슨 소용이라니. 근데… 아깝기는 하네.'

10만 골드면 장원 하나를 사서 떵떵거리고 살 수 있는 돈이었다. 군인으로 남작의 작위를 받은 것은 대단한 일이지만 그것이 돈이 되는 것은 아니었다.

"무슨 말을 해도 소용없을 거야. 퀼란 자작!"

이안이 팔짱을 끼고 구경만 하다가 처음으로 말을 꺼냈다.

그러자 퀼란 자작은 이안을 노려보며 살기 돋힌 말을 해댔다.

"네 이놈! 네놈이 무슨 짓을 했는지 모르지만 결코 좋게 끝나지는 않을 것이다. 내 반드시 네놈만은 찢어 죽이고 말 것이야!"

악독한 소리를 내뱉는 퀼란 자작을 희미한 조소를 머금은 채 바라보는 이안이 가드너 남작에게 시선을 돌리며 말했다.

"곧 마나석과 마동포에 대한 수출이 이루어질 겁니다. 그러니 체이스 제국 측에서도 제안서가 도착하는 대로 구매담당자가 도착했으면 한다고 전해주십시오."

"아! 마동포가 수출되는 겁니까? 하하! 그거 참 반가운 소식이로군요. 상부에 바로 보고하고 준비하도록 하겠습니다."

가드너 남작은 마동포가 전쟁을 어떻게 바꾸는 무기인지 들려오는 소문을 통해서 들었다. 그중에서 이안의 독립여단이 마동포로 윈터폴 요새를 부순 사건은 체이스 제국 내에서도 크나큰 반향을 불러일으켰음도 알고 있었다.

"으득……."

퀼란 자작은 그제야 자신들의 망명신청이 받아들여지지 않은 이유를 알 수 있었다. 마동포의 수입이 막히게 되면 체이스 제국은 엄청난 피해를 받게 될 것이고 자신이 가지고 가는 재물 정도는 그야말로 아무것도 아닌 것이 될 정도로 손해를 보게 되는 것이다.

"개새끼……."

씹어뱉듯이 욕설을 늘어놓는 퀼란 자작을 보며 이안이 남작에게 요청했다.

"지금부터 락토르의 국경 쪽에서 전투가 벌어질 겁니다. 그러니 체이스 제국의 국경수비대분들은 약간만 뒤로 물러서서 대기해 주시기 바랍니다."

"하하! 이를 말입니까. 분부대로 거행하겠습니다, 마스터!"

가드너 남작이 깍듯하게 대답한 후 부하들에게 손짓했다. 그러자 국경수비대의 병사들이 조금씩 뒤로 물러서며 방어대형을 만들었다.

"망명은 허용치 않으니 국경을 넘어오면 그 즉시 공격하도록 하겠소. 이를 명심하시오!"

가드너 자작이 마지막으로 퀼란 자작에게 압박을 가한 후 이안에게 군례를 취하고 물러섰다. 이제 남은 것은 퀼란 자작의 부하들과 이안, 그리고 200미터 정도 떨어진 곳에 반원을 그리며 포위하고 있는 독립여단의 병사들만 남았다.

"네놈만은 찢어죽이고 말겠다. 죽여!"

퀼란 자작이 이안 혼자라는 것에 독하게 소리를 질렀다. 그러자 남아 있는 15명의 기사들이 일제히 검을 뽑아들고 이안을 죽이기 위해서 달려들었다.

"훗! 과연 가능할지 모르겠어?"

비아냥거리듯이 말한 후 이안은 제일 처음으로 달려드는 기사를 향해 마주쳐 나갔다.

쉬릿! 퍼퍼퍼퍼퍽!

순식간에 검을 피하고 품으로 파고든 이안의 손이 무수한 손 그림자를 남기고 뻗어나갔다. 눈 깜박할 시간이 흘렀을 때 이안의 손이 10여 번이 넘는 공격을 기사의 몸에 가했다.

"끄으윽… 컥!"

기사는 무수한 고통에 눈을 까뒤집었다. 강철로 만들어진 갑옷을 뚫고 들어와 내장을 부수는 것 같은 고통을 줄 수 있는 수법이 있으리라고는 생각하지도 못한 눈빛이었다.

"마스터에 오르니 가능해지더라고. 공간을 격하고 마나로 타격하는 방법이 말이야. 바로 이런 거지!"

이안은 쓰러지는 기사를 뒤로 한 채 다른 기사를 향해 쇄도해 들어갔다. 그리고 손에 오러를 만들어내어 검을 막은 후 연이어 기사의 갑옷을 강하게 후려쳤다.

콰직! 퍼어어엉!

가죽북이 터져 나가는 소리와 함께 기사의 몸이 뒤에서 달려드는 다른 기사들에게 날아갔다. 입에서 검붉은 죽은피를 토해내는 기사의 눈은 이미 하얀 눈동자만 보이는 것이 즉사한 것으로 보였다.

"으으… 마, 말도 안 돼는……."

기사들은 이안의 손에 어린 오러를 보며 전의를 상실해 버렸다. 검을 들고 있음에도 그것을 사용하지 않고 오로지 한손만으로 익스퍼트급의 기사들을 격살하고 있으니 마스터가 아니라고 부정할 수도 없었다.

―투항하라! 투항하지 않으면 마동포로 모조리 쓸어버리겠다!

토리의 음성이 음성증폭 마법이 걸려 있는 아티팩트를 통해서 전장을 뒤흔들었다. 성난 사자처럼 기사들을 처죽이고 있는 마스터의 존재와 뒤에는 수십 대가 넘는 마동포를 겨눈 채 으르렁대는 독립여단의 모습은 병사들의 사기를 땅속 깊숙한 곳으로 끌어내려 버렸다.

"후후! 이제는 어떻게 하려느냐? 네놈이 믿는 기사들이 모두 죽었는데 말이야."

어느새 기사들을 모두 죽인 이안이 오러가 실린 손을 뻗어 퀼란 자작을 겨눴다.

"으으… 사, 살려만 주십시오… 살려만……."

퀼란 자작은 오줌을 지린 채 바닥에 주저앉아 버렸다. 이안이 내쏘는 살기와 투기로 인해 온몸이 찢겨져 나갈 것 같은 고통을 느끼며 벌벌 떨어야 했다.

10장

황 열이 왜 이라 많나

퀼란 자작을 잡아서 돌아왔을 때 헥토르 후작의 영지성은 어느 정도 안정을 되찾았다. 집을 잃은 사람들을 위해서 큰 건물을 소유한 이들이 쉴 곳을 제공했고, 그래도 안 되는 사람들은 천막을 치고 그곳에 임시로 수용을 한 덕분이었다.

"어서 와라. 근데 저 새끼가 그 퀼란 자작이라는 새끼냐?"

맥컬리의 눈이 고리눈으로 돌변했다. 수천 명이 넘는 이재민을 만들어낸 악독한 귀족을 당장에라도 쳐 죽이고 싶어 하는 눈치였다.

"아서라. 잡을 때 죽였으면 모를까 지금 죽이면 왕국법 위반이다."

"빌어먹을 법! 저런 놈은 그냥 돌로 쳐 죽여야지 재판에 꼭 세워야 하는 건 뭐하는 수작이야!"

"후후! 어쩌겠냐. 법이라는 것이 원래 있는 놈들을 위해서 만들어진 것인데."

조금 삐딱한 말이기는 했지만 틀린 소리도 아니었다. 약자를 보호한다고 만들어진 법은 점점 시간이 흐를수록 있는 자들, 그리고 귀족을 위한 도구로 전락한지 오래였다.

"망할… 저 새끼를 어떻게 할 생각이냐?"

"일단 왕궁에 알리고 처분을 기다려야지."

"적어도 반년은 더 살겠구만."

"방법이 없는 건 아니다만……."

이안이 말을 흐리자 맥컬리의 눈이 번쩍 떠졌다. 왕궁에 알리지 않고 처리할 수 있다면 당장에라도 검으로 베어버릴 기세였다.

"어떤 방법인데?"

"뭐, 별 거 있겠냐. 감옥에 가뒀다가 소홀해진 틈을 타서 탈출하게 만드는 거지. 그리고 난 후에 죽여 버리면 누가 뭐랄 거야. 안 그래?"

"아… 흐흐흐! 그런 방법이 있었구나. 그거 좋은데?"

수천 명의 피눈물을 흘리게 만든 놈을 그렇게 처리한다면 그가 빼돌린 돈도 왕궁에 상납하지 않아도 되는 것이다. 이안은 그걸 노리고 친구인 맥컬리에게 넌지시 방법을 알려 주었다.

"지금은 참아라. 나중에 해도 늦지 않으니까."

"당연하지. 그나저나 이안!"

"응? 왜?"

"우리가 계속 이곳에 주둔할 수도 없는 노릇인데 이제 어떻게 할 거냐?"

"뭐 따라갈 사람들 다 데리고 가면 되는 거지. 어차피 국왕의 성정으로 보면 이곳을 깨끗하게 지우려고 할 테니까 말이야."

헥토르 후작의 영지는 영지민만 해도 50만이 넘는 거대 영지였다. 주성을 제외하고도 5개의 성이 더 있었고 마을의 수만 해도 100여 곳에 이르렀다.

"그럼 다른 성들도 공취할 거냐?"

"일단은 그렇게 해야지. 강습여단의 공격으로 남쪽의 두개 성은 풍비박산이 난 상태니까 남은 동쪽의 두 개 성만 공취하면 될 거다."

남아 있는 성의 병력은 많아야 1천도 안 되는 미약한 숫자였다. 자경단이 있다고 하지만 그들이 필사적으로 독립여단의 공격을 막아서지는 않을 것이었다.

"두 개의 성이라… 흠… 나한테 이곳을 맡겨줘. 내가 한번 깔끔하게 뺏어볼 테니."

토리가 지도의 한곳을 손가락으로 가리키며 말했다. 그가 가리킨 곳은 헥토르 후작의 성들 중에 하나인 베스 지역의 성이었다.

"토리가 베스 성을 친다면… 난 이곳!'

안드레아도 호승심이 동하는지 한 곳을 가리키며 눈빛을 빛냈다. 두 친구를 보며 이안이 빙긋 미소를 지으며 말했다.

"지원해줄 수 있는 병력은 최대 1,500이다. 그 이상은 이곳을 정리하기에도 벅차다."

"흐흐! 그 정도면 충분하지. 어차피 마동포로 갈겨대면 성문이야 저절로 열리는 거고 말이야."

토리는 마동포의 위력이면 병력이 많지 않아도 충분하다는 반응을 보였다. 그의 생각대로 성벽에 의지한 채 수성하는 자들에게 마동포는 재앙에 가까웠다.

"알았다. 병력도 똑같이 1,500씩 데리고 가고 마동포도 10문씩 내주마. 기간트 캐러밴 20대를 끌고 가라. 대신 시간이 많지 않다는 것만 명심해."

"흐흐! 염려 말라고. 사흘 안에 해치울 테니까."

"나도 그 정도면 충분해."

두 친구의 장담에 이안은 두 개의 성을 공취하는 일은 그들에게 맡기고 자신은 헥토르 후작의 주성을 정리하는 일에 매진하기로 했다.

웅성웅성!

사람들은 전날 독립여단의 여단장이자 새로운 레이너 영지의 영주인 이안에 의해 구함을 받았었다. 그렇게 하루가 지나고 일단의 병사들이 다시 출전을 하고 남은 병사들이 영지 이곳저곳에 방을 붙이고 다니는 것에 우르르 몰려 나왔다.

"저게 뭐라고 적혀 있는겨?"

"난들 알겠나. 다들 까막눈인 거야 알고들 있잖여."

사람들이 많이 몰려 있어도 방문을 읽을 수 있는 사람이 없었다. 그러다 조금 좋은 복색을 걸친 사람이 등장하자 사람들이 좌우로 물러나며 길을 열어주었다.

"마르코 씨, 저기 뭐라고 적혀 있는 건감요?"

"어흠! 어디 보세."

마르코라고 불린 중년인은 헛기침을 요란하게 해대며 방문을 향해 나아가 읽어 내렸다.

"으음… 이거 큰일이로구만."

"예? 크, 큰일이라니요? 그게 무슨 말씀이신감요?"

"그것이… 어제 우리를 구해주신 이안 레이너 자작님이 내린 포고문일세. 그 내용이 뭐냐면……."

마르코는 포고문의 내용을 사람들에게 알려주었다. 자신의 생각을 더해서 이야기하자 방문에 적혀 있는 글보다는 훨씬 더 살아 있는 듯한 느낌을 청자들에게 전해줄 수 있었다.

"…이렇게 된 거란 말이지."

"아이고… 그람 큰일 아닌감유? 영주 그 나쁜 인간이 일을 벌일 때부터 알아봤어야 하는 것인데… 아이고오……."

"남자들 죄다 끌고 가서 반란군 만들더니 이제는 그 가족들 모두를 반역자로 만들어 버릴 생각이라 이거 아닌가유."

성난 군중들은 헥토르의 반란으로 인해 자신들이 겪어야 할 피해를 생각하자 앞날이 깜깜해졌다. 이제 어떻게 살아가야 할지도 모르겠고 반역자의 가족으로 낙인찍혀 노예로 팔려가게 되면 그 삶을 어떻게 살아내야 할지도 걱정이었다.

"모두 조용! 그러니 우리를 구해주셨던 이안 레이너 자작님께서 우리에게 살길을 알려주시는 거 아닌가."

"예? 레이너 자작님께서 우리에게 살길을 알려주셨단 말입니까요?"

"당연하네. 여기 이렇게 적혀 있네. 레이너 영지로 오는 자들은 신분여하를 막론하고 보호해줄 것이며 반역자의 가족으로 낙인찍히는 일도 없게 만들어주겠다고 말이야."

"아… 그, 그렇구만유……."

"한데 말이에요. 자작님께서 우리를 구해주실 힘이 있으실

까유? 자작님이믄 백작님보다 낮은 귀족이란 말이디유."

사람들의 걱정어린 말에 마르코는 손사래를 치며 말했다.

"걱정 말래두 그런다. 레이너 자작님이 어디 보통 자작님이신 줄 아는가. 소드마스터시란 말일세. 소드마스터!"

"허걱! 그게 정말이래유?"

"당연하지. 내 병사들에게 들으니 퀼란 자작… 그 망할 새끼를 잡아올 때 1미터가 넘는 오러를 줄기줄기 뿜어내며 기사들을 도륙했다고 하시더라고."

"아아… 대, 대단하시네요."

"소드마스터는 이제 곧 백작이 되신다는 소리여. 다들 알아들었는가?"

백작이 된다면, 그것도 왕국에서 절대 내칠 수 없는 소드마스터의 신분으로 자신들의 보호자 역할을 자임하고 나선다면 안심할 수 있었다.

"그럼 이제 어떻게 하면 되는 건가유?"

"레이너 자작님께서 영지로 돌아갈 때 따라가야지. 여기 있다가 반란이 끝나면 그날로 반역자가 되어 끌려갈 판인데 말이야."

"아~ 구람 얼른 가서 준비해야 되것네유. 지 먼저 가유!"

"나, 나도 가야지. 어서들 가지 뭐해요."

"그래야지. 어서들 가자고."

사람들은 살길이 열렸다는 것에 서둘러 집으로 달려갔다. 집을 화재로 잃은 사람들은 더 빠르게 레이너의 영지로 이동할 수 있기에 발길을 서둘렀다.

"다음 사람!"

병사들이 줄줄이 늘어서 있는 곳은 서전트 이상의 글을 아는 자들이 테이블을 놓고 앉아 있었다. 그곳으로 길게 줄을 서 있는 사람들은 레이너의 영지로 옮겨가기를 희망하는 자들이었다.

"톰슨입니다요."

"톰슨 씨의 나이와 직업, 그리고 가족사항을 이야기하십시오."

"나이는 43살이고 직업은 무두장이입니다. 가족은 아내와 두 딸, 그리고 군대 끌려간 아들 세 놈이 있는데⋯⋯."

군대 끌려간 아들들은 모두 헥토르 후작의 부하일 것이었다. 반란이 끝나면 반역자로 몰려 농노가 될 가능성이 큰 사람이었다.

"근데 정말 레이너 자작님의 영지로 가면 괜찮은 거 맞겠지유?"

"하하! 염려 마십시오. 우리 여단장님은 왕국의 영웅이고 국왕전하께서도 함부로 하시지 못하는 분이십니다. 그러니

안심하고 새롭게 만들어지는 영지로 가서 새로운 삶을 살도
록 하십시오."

"아… 감사하구만유."

톰슨은 서전트가 자신의 이름과 나이 그리고 가족 사항을
빠짐없이 기재한 후 한 장은 서류함에 보관하고 다른 한 장을
내밀자 그것을 소중하게 받아들었다.

"다음 사람!"

톰슨이 물러가고 그 뒤에 서 있던 사람이 하사관의 앞으로
나오는 것을 본 이안이 헥토르 후작의 영주성의 난간에 걸터
앉은 채 고개를 가로저었다.

"휘유… 정말 많네. 저 많은 사람들을 다 어떻게 먹여 살려
야 할까?"

처음 생각에 많이 가봐야 만여 명이나 갈까 하고 생각했었
다. 그러나 이주를 희망하는 사람들이 대거 몰려왔는데 약간
의 불안감만으로도 삶의 터전을 버리고 새로운 곳으로 가려
고 하는 자들이 속출했다.

징! 징! 징! 징!

품속에 보관하고 있는 마법 수정구가 울렸다. 이안은 이 시
간에 누가 연락을 취하는 것일까 하고 서둘러 수정구에 마나
를 불어넣었다.

후웅! 지이이잉!

"이안 레이너입니다."

—마스터, 아레나에요.

"아! 아레나, 오랜만이네. 던전에 문제는 없지?"

—물론이에요. 강철의 모루 일족의 족장인 아이언핸드 님이 연락을 취해달라고 해서요.

"그래? 어서 연결해줘."

던전의 핵심인 아레나의 에고가 있는 곳은 이안과 에일리, 그리고 아이언핸드만이 출입할 수 있었다. 드워프인 아이언핸드가 사고를 칠 일은 없으니 원활한 마법 통신을 위해서 허가를 내준 것이었다.

—날세, 이안!

"안녕하세요, 아이언핸드 님."

—성의 설계도가 나와서 말이야. 일족의 최고 장인들이 심혈을 기울여서 설계한 것이니 자네 마음에도 들 걸세.

"아! 벌써 설계도가 나온 건가요? 정말 **빠르네요.**"

—흐흐! 애들이 자네 일이라고 만사 제쳐놓고 한 덕분이지.

"감사합니다. 하하하!"

이안은 드워프 일족이 자신을 위해서 만사 제쳐두고 도와주는 것에 미안함을 느끼면서도 다른 한편으로는 저들을 위해서 자신도 최선을 다해야겠다는 책임감을 더욱 크게 느끼게 되었다.

─설계도가 나왔으니 이제 성을 지어야 하는 거 아닌가?

"물론 지어야죠. 하지만 우선적으로 일을 할 사람들을 모아서 가야 하니까요. 그때까지는 터 다지기만 해야 할 거 같습니다."

─터 다지기라… 뭐 그건 우리들이 해놓도록 하겠네.

이안은 부대에 있을 때 마나가 고갈되도록 마나 코어를 만들어야 했었다. 마나 코어는 샤베른에도 쓰이지만 마동포에도 들어가는 물건이기에 꽤 많은 숫자가 필요로 했었다.

"그럼 여기에서 철군하여 돌아가는 것이 사흘 후로 예정하고 있으니 그때 지나서 뵙도록 하겠습니다."

─그렇게 하세. 아참! 그리고 마동포의 다운그레이드 버전이 만들어졌네. 자네가 와야 실험을 하니까 되도록 빨리 돌아오도록 하게.

"네, 그렇게 하겠습니다."

이안은 다운그레이드 버전의 마동포 제작을 아이언핸드에게 의뢰했었다. 위력과 사거리를 줄이는 대신 무게도 줄여서 휴대가 용이한 마동포의 제작이었다. 지금 만드는 마동포는 200kg이 넘고 길이 또한 3.3미터에 달하여 샤베른에 장착하기에는 무리가 따랐다. 샤베른에 장착하는 것을 고려하여 대기간트용으로 만들어 달라는 의뢰였다.

헥토르 후작의 영지를 털어서 가지고 온 재물과 식량도 엄청났지만 그보다 20만에 달하는 사람들이 이안의 독립여단을 따라온 것은 엄청난 사건이었다.

"이안, 문제가 심각하다. 저 많은 사람들을 먹여 살릴 식량이 제일 큰 문제고 두 번째는 천막으로 버티고는 있지만 노약자들이 많은데 언제까지 천막생활을 하게 할 수도 없어."

티모시는 이안이 이끌고 온 엄청난 사람들을 재앙으로 생각했다. 지금 독립여단이 가지고 있는 군량은 헥토르 후작의 반란군에게서 빼앗은 것으로 독립여단만 사용한다면 1년은 족히 사용할 수 있는 양이었다. 하지만 그게 20만에 달하는 영지민들까지 더해진다면 1개월을 빠듯하게 버틸 수 있는 양이 되어버린다.

"후우… 나도 이렇게 많이 따라올 줄 알았겠냐."

이안도 자신의 무대책적인 행동에 심각한 고민을 하고 있었다.

"방법이 없겠냐?"

티모시의 물음에 이안은 이 난국을 타개할 수 있는 방법에 대해서 골똘히 생각했다.

'어떻게 해야 할까? 20만에 달하는 사람들을 먹이려면 결국에는 다른 나라에서 식량을 들여오는 수밖에 없는데…'

락토르 왕국 내에서는 반란의 여파로 인해서 식량 값이 평년의 대여섯 배는 훨씬 뛰어넘는 가격이 형성되어 있었다. 그런 까닭에 식량을 구하기도 어려웠지만 사는 것은 엄청난 출혈을 각오해야만 했다.

'차라리 로크 제국으로 가서 식량을 사올까?'

방법을 생각해 봐도 로크 제국에서 식량을 공수해 오는 것이 최선이었다. 그것 외에는 락토르 내에서 구하기 어려웠고 원래부터 식량 사정이 그리 좋지 않은 체이스에서 구해오는 것도 무리가 따랐다.

'그 방법이 최선이겠다. 내가 공간이동으로 바쁘게 움직인다면 가능할지도 모르겠어.'

한 달 이내에 사람들을 먹일 식량을 구해오지 못한다면 문제가 심각해진다. 이주해 오면서 저들이 가지고 온 식량도 있겠지만 반란군이 모두 징발해간 탓에 남아 있는 비축분이 얼마 없기는 일반 백성들도 마찬가지였다.

'그리고 아보트 준남작에게 최대한 많은 식량을 구해오도록 부탁도 해야겠군.'

아보트 준남작이 세 척의 캐릭선을 끌고 내려갔지만 캐릭선으로 실어올 수 있는 식량의 양이 그리 많지는 않을 것이었다.

"티모시!"

"말해."

"난 로크 제국으로 넘어갔다가 와야 할 거 같다."

"로크 제국으로? 지금은 넘어가면 안 되는 거 아냐? 반란도 진압되지 않았는데."

반란이 진압되지 않은 상황에서 이안이 로크 제국으로 넘어가게 되면 독립여단의 지휘권이 공중에 떠버리게 된다. 원래 여단장은 대령이 맡아도 무리는 없지만 헬카이드의 배꼽에 있는 강철의 모루 일족과의 관계 때문에 자칫 왕궁에서 장성급의 인사를 이안이 없는 틈을 노리고 보낼 수도 있었다.

"최대한 빠르게 돌아온다. 그 수밖에 없어."

"하지만… 거참… 이럴 수도 없고 저럴 수도 없고… 후우! 너 알아서 해라."

티모시의 걱정을 모르는 바는 아니지만 자신이 최대한 빨리 움직이면 그만이라는 생각에 이안은 친구의 등을 두들기며 말했다.

"내가 없는 동안만 부탁하자."

"알았다. 얼른 다녀와."

"그래, 그렇게 할게."

이안은 티모시를 안심시키며 로크 제국으로 넘어갈 준비를 서둘렀다. 하루라도 빨리 다녀와야만 하는 사정이 생겼으니 1초라도 앞당겨서 다녀올 생각이었다.

'할 일이 너무도 많다. 몸이 열 개라면 딱 좋겠군.'

바쁘게 움직여야 할 팔자인 것은 어디로 가도 마찬가지인 모양이었다. 하지만 이렇게 바쁜 것이 살아 있다는 증거이니 그것 또한 나쁘지 않았다.

후웅! 스팟!

텔레포트 마법으로 공간을 빠져나온 이안의 신형이 비틀거렸다.

"우욱! 하아아……."

공간이동 마법은 공간을 마법의 힘으로 열어 그곳을 빠르게 축약하여 이동하는 것으로 약간의 부작용이 있었다. 그렇기 때문에 공간이동 마법은 하루 3번 이상은 절대 금하는 것이었는데 이안은 5번의 공간이동 마법을 펼쳐서 로크 제국의 서부의 수도라고 할 수 있는 곳에 도착했다.

"후웁… 하아아… 후웁!"

심호흡을 하며 정신을 추스린 이안은 주위를 둘러보았다. 다행히도 주위에는 아무도 없었고 멀리 거대한 성곽이 모습을 보이는 것이 제대로 공간이동을 한 것으로 보였다.

"여기가 로스란인가? 정말 크군."

이렇게 거대한 성곽은 락토르 그 어디에서도 찾아보기 어려웠다. 락토르의 왕성도 제법 크다고 알려졌지만 로크 제국의 황도도 아닌 서부의 주도인 로스란보다 작은 것은 어찌 보면 국력의 차이라고 할 수 있었다.

'일단 들어가서 알아봐야겠군.'

식량을 대량으로 수입하는 문제이다 보니 여러 가지 걸리는 부분이 많았다. 특히 이안 자신의 신분으로 로크 제국에 들어온 것이 알려지면 자칫 마동포를 독점하려고 하는 로크 제국의 수뇌부가 어찌 나올지 알 수 없는 노릇이었다.

'두고 보면 알겠지.'

이안은 마음을 굳게 먹고 로스란 성의 성문으로 향했다. 서부의 주도답게 성문의 경계와 병사들의 군기가 상당히 엄격했다.

"로스란에 오신 것을 환영합니다. 신분증을 보여주시겠습니까?"

이안의 복장이 로크 제국의 복장과 크게 다르지는 않았지만 국가별로 조금씩은 다른 특징이 있어서 한눈에 보기에도 외국, 그것도 락토르 왕국의 귀족임을 알 수 있었다.

"여기 있소."

이안이 내미는 증명은 락토르 왕국의 자작 신분임을 증명하는 신분패로 황금으로 만들어진 패에 미스릴 도금으로 테를 두른 고급 신분증명패였다.

"락토르 왕국의 자작님이시로군요. 혹시 로스란 성에는 무슨 용무로 오셨는지 알 수 있겠습니까?"

성의 수비대의 장교로 보이는 자가 넌지시 물었다. 그도 그럴 것이 이안은 지금 아무런 호위병도 없고 그 흔한 말이나 마차도 타지 않고 왔으니 의심어린 시선을 보내는 것은 당연한 일이었다.

"식량을 수입하러 왔소. 그리고 나는 마법사라 맨몸으로 다니는 것이 더 빠르다오. 트리플 파이어 볼!"

후웅! 화르르르륵!

이안이 말을 마치며 마법을 캐스팅도 없이 펼쳐냈다. 손위에 떠오르는 3개의 파이어 볼이 강맹한 기운을 뿜어내며 타오르자 장교는 깜짝 놀랐다. 3클래스의 마법사가 펼치는 것이 기본적인 파이어 볼 마법이라면 3개의 파이어 볼을 한번에 펼쳐내는 것은 상당한 고위급의 마법사가 아니면 불가능하다는 것을 잘 알기 때문이었다.

"헉! 그, 그러시군요. 로스란에 오신 것을 환영합니다, 자작님!"

고위 마법사의 신경을 거슬러서 좋을 것은 어디에도 없었다. 적대국의 마법사도 그럴진대 하물며 동맹국의 자작 신분을 지닌 고위 마법사였다.

"고맙소."

이안은 건네주는 신분증명패를 받아들고 로스란 성으로 느긋하게 걸어 들어갔다. 그가 들어가는 모습을 보며 장교는 고개를 한차례 가로저은 후 병사 중에 하나를 손짓으로 불렀다.

"부르셨습니까!"

"락토르 왕국의 이안 레이너 자작이 로스란 성에 방문했다고 본부에 알리도록. 고위급 마법사로 보인다는 말도 같이 전하고."

"충!"

병사가 달려가는 것을 뒤로 한 채 장교의 시선은 여전히 멀리 사라져 가고 있는 이안의 등을 향하고 있었다.

"파울로 곡물상회를 찾아주셔서 감사합니다, 손님. 무엇을 도와드릴까요?"

커다란 곡물 상회 안으로 들어온 이안은 곡물 상회 안에 진열되어 있는 물건들을 보며 물었다.

"밀과 귀리, 콩 등을 사려고 하네."

"아! 그러시군요. 얼마나 사실 생각이신지요?"

점원은 귀족의 복색을 한 이안이 곡물을 산다고 하자 눈빛을 빛내며 더욱 친절한 미소를 얼굴에 지어 보였다.

"최대한 많이… 그러니까 이 상회에 있는 것을 다 사려고 하네."

"네? 다 사신다구요?"

"그렇네만."

"자, 잠시만 기다려 주십시오. 상단주님을 모셔오겠습니다."

자신의 선에서 처리할 수 있는 상황이 아니라는 것을 직감적으로 알아챈 점원이 얼른 고개를 숙이며 그리 말했다. 이안이 고개를 가볍게 끄덕이자 잽싸게 상회 건물의 이층으로 뛰어갔다.

"저 손님이십니다."

이윽고 다시 돌아온 점원은 편안한 미소가 일품인 사내 하나를 데리고 돌아왔다. 그는 이안을 보더니 정중한 인사와 함께 자신의 소개를 했다.

"안녕하십니까, 상회의 주인인 파울로 알마라고 합니다."

"반갑소. 이안 레이너 자작이오."

"아! 그러시군요. 점원에게 들으니 곡물을 많이 사려고 하신다고 들었습니다만."

"내 영지로 난민들이 대거 몰려와서 곡물이 많이 필요하오. 급하게 사들여야 하는지라 로크 제국으로 온 것이오."

사실대로 이야기를 했다. 만약 이 상황에서 후려치려고 한다면 거래를 중단하고 다른 곳을 알아보는 것이 이롭다는 생각에서였다.

만약 자신이 어려운 상황임을 알렸음에도 정직하게 나온

다면 두고두고 거래를 할 수 있는 상대가 될 것이었다.

"영주님이셨군요. 몰라뵈었습니다."

"아니오. 락토르 왕국의 영주에 불과하니 그렇게 예의를 차릴 필요는 없소."

"하하! 그래도 그건 아니지요. 저… 그런데 난민들이 얼마나 몰려왔기에 영주님께서 직접 이렇게 나서신 겁니까?"

"20만이오. 락토르 왕국에 내전이 벌어진 것은 로크 제국에서도 알 것이고. 그 내전 때문에 발생한 난민들이 내 영지로 대거 이주해 왔소. 덕분에 대규모로 식량이 필요한 상황이고 말이오."

"헉… 20만!"

파울로 상단주는 입을 떡 벌리고 다물 줄 몰랐다. 아마도 다물어지지 않을 것이 분명했다. 20만 명에 해당하는 난민을 먹이려면 어마어마한 곡물이 필요로 할 것이고 자신이 잘만 한다면 큰 이득을 얻을 수도 있을 것이었다.

"하아……."

그런데 갑작스럽게 한숨을 내쉬는 파울로를 보며 이안은 고개를 살짝 갸웃거렸다. 이해할 수 없는 반응이었기 때문이었다.

"무슨 일이 있는 것이오?"

"그것이… 지금 로크 제국 내에서도 곡식을 구하기가 어렵습니다."

"홈… 거대 제국인 로크 제국은 식량 사정이 좋은 것으로 알고 있는데… 거참 의외로군."

"그게 서부의 대영주인 페드로이아 후작가와 쥬베인 후작가가 싸우는 통에 그런 것입니다."

"두 후작가가 싸우는데 곡물이 없다는 것이 조금 이해가 가지 않소만."

이안은 두 후작가가 로크 제국에 미치는 영향에 대해서 모르고 있기에 그런 의문을 드러냈다.

"두 후작가의 힘이 곡식입니다. 서부는 예로부터 곡창지대로 유명하고 두 후작가와 그 휘하의 영주들이 한해 생산하는 곡식이 제국을 먹여 살린다고 해도 과언이 아니지요."

"그렇구려."

이안도 그 말을 듣고서야 로크 제국의 사정에 대해서 어느 정도 알 것 같았다. 두 후작가가 싸움을 하느라 곡물을 제한하고 있을 것이고 그것 때문에 로크 제국 내에서도 곡물을 구하기가 어렵다는 뜻이었다.

"번스타인 공작가가 곧 개입을 한다는 소문이 돌고 있으니 두 가문의 싸움은 곧 끝날 수도 있을 겁니다만. 그전에는 대량의 곡식을 구하기는 쉽지 않을 겁니다."

상단주의 설명을 들으며 이안은 발등의 불이 곧 떨어질 상황에 마음이 심란했다.

"혹 식량을 구할 다른 방법은 없겠소?"

"지금 상황에서는 없다고 보셔야 할 겁니다. 각 지방의 영
주들도 두 가문의 싸움을 심각하게 생각해서인지 곡물의 반
출을 금지하고 있으니까요."

"으음……."

두 거대 영지의 힘이 곡창지대에서 나오는 곡물인 탓에 다
른 지역까지 그 여파가 미친다는 것이었다.

"아! 이건 혹시나 해서 드리는 말씀입니다만… 페드로이아
후작가에서 용병을 구한다는 소문이 있습니다. 그 대가로 식
량을 넘긴다는 말이 비밀처럼 떠돌고 있기는 합니다."

"용병이라……."

두 가문의 싸움은 작은 왕국 두 개가 싸우는 것과 같은 규
모의 싸움이었다. 제국의 후작가는 3만 정도의 사병을 가지
고 있고 그 휘하의 봉작 가문들까지 합하면 족히 5만 이상의
병력을 끌어 모을 수 있었다.

'그 정도면 전쟁이라고 봐야 할 규모지.'

락토르 왕국은 제법 큰 나라로 분류되는 곳이라 내전이 일
어났을 때 움직이는 병력 규모가 30만을 넘기는 것이었다. 작
은 왕국들이라면 10만 정도의 병력도 안 되는 곳이 허다했다.

'페드로이아 후작가라… 그곳으로 가봐야 하는 것인가?'

자신이 직접 용병으로 뛴다면 페드로이아 후작가에서 어느 정도의 식량을 내어줄지 한 번 알아봐야 할 것 같았다.

"이보시오, 상단주."

"말씀하십시오, 자작님."

"혹 그대의 선에서 페드로이아 후작가와 연줄을 댈 수 있겠소?"

"자작님께서 용병을 보내주실 수 있으십니까?"

락토르와 로크 제국은 국경을 맞대고 있고 페드로이아 후작가는 그 국경에서 그리 멀지 않은 곳에 있었다. 그러니 락토르의 귀족이 용병을 보내준다면 페드로이아 후작가도 환영했으면 환영했지 박대하지는 않을 것이었다.

"아마 페드로이아 후작가에서도 결코 거부할 수 없을 것이오. 그건 내 장담하지."

이안이 묘한 미소를 지으며 하는 말에 파울로 상단주는 그 미소에 담긴 의미를 찾기 위해서 부단히 머리를 굴렸다. 그러나 이 젊은 귀족이 어떤 힘을 가지고 있는지 알지 못하는 터라 중간에 접어야 했다.

"알겠습니다. 저와 함께 가시지요. 로스란시의 시장공관에 페드로이아 후작가의 둘째이신 맥클레이 페드로이아 님께서와 계시니까요."

두 가문이 싸우고 있는 와중에 둘째 아들이 이곳에 있다는 것은 무언가 임무를 띄고 왔다는 것을 의미했다. 그리고 그것을 알고 있다는 것은 이 상단주가 그들과 연관되어 있다는 것을 은연중에 내비치는 것이었다.

"갑시다. 만약 일이 잘 성사된다면 내 상단주에게도 심심치 않은 사례를 할 것이니."

"하하! 기대하겠습니다."

상단주는 밝게 웃으며 이안을 안내하여 시장공관이 있는 로스란 성의 중심부로 향했다. 몇몇 검문을 통과하여 시장공관에 들어선 이안은 그곳에서 꽤 많은 사람들을 볼 수 있었다.

'어라? 저 사람은… 거참……'

이안은 그곳에서 결코 만나지 말았어야 할 사람을 보고 말았다. 이제 와서 도망갈 수도 없는 상황에서 그 사람이 이안을 향해서 놀란 얼굴로 손가락질을 하며 불렀다.

"어! 자네는… 이안 레이너 대령이 아닌가!"

"안녕하십니까, 후작 각하!"

이안의 인사를 받는 사람은 다름 아닌 카린 후작, 로크 제국의 최고의 기간트 라이더인 바로 그 사람이었다.

11장

마스터? 까짓것 베어후매

카린 후작은 락토르 왕국의 자작이자 독립여단의 여단장
인 이안이 로크 제국에 나타난 것을 대단히 의외적인 상황으
로 받아들이는 눈치였다.

"자네가 여기 웬일인가, 이안 레이너 대령!"

"후후! 이제는 준장입니다, 후작 각하."

"그런가? 하긴, 자네 정도의 인물이라면 조기 진급도 문제
될 것은 없겠지."

"감사합니다."

"가만… 자네의 기도가 변한 것 같은데… 혹 벽을 깬 것

인가?"

카린 후작의 눈빛이 매섭게 변했다. 그는 기간트 마스터에 오른 사람이지만 그 이전에 소드마스터의 벽을 깬 사람이기도 했다.

"운이 좋았습니다."

"허허! 운이 좋았다라… 자네 나이가 이제 23으로 알고 있는데 대단하이… 대단해!"

"과찬이십니다. 후후!"

이안과 카린 후작의 대화를 듣는 파울로 상단주는 깜짝 놀랐다. 자신이 데리고 온 젊은 귀족이 락토르 왕국의 소드마스터이며 소문이 무성한 독립여단의 여단장이라는 것에 놀란 것이다.

"헉… 이안 레이너 자작… 이런!"

파울로 상단주가 혼잣말로 중얼거리는 것을 들은 카린 후작은 혀를 쯧쯧 차며 말했다.

"자네는 데리고 온 사람이 어떤 사람인지도 모르고 왔나?"

"죄송합니다, 그냥 락토르 왕국의 귀족이신 것만 확인했습니다."

"에잉! 일처리를 그 모양으로 하다니. 귀한 손님이 아니었으면 경을 쳤을 게야. 알겠나!"

"송구합니다, 앞으로는 잘 하겠습니다."

파울로 상단주는 고개를 숙이며 사과를 했는데 둘이 무슨 관계인지 모르는 이안은 그냥 지켜만 보며 둘의 대화가 끝나기를 기다렸다.

"후작 각하, 이곳에 페드로이아 후작가의 둘째 공자가 있다고 해서 왔는데 혹시 아십니까?"

"맥클레이 그놈을 말하는 건가?"

"아시나 보군요."

"끄응… 빌어먹을 제자 놈만 아니었으면 내가 왜 이곳에 와 있겠나. 제자 놈이 아니라 그냥 웬수가 따로 없다니까. 에잉!"

"후후후!"

이안은 카린 후작이 속을 썩이고 있는 제자라는 맥클레이 폰 페드로이아라는 둘째 공자를 보기를 원했는데 굳이 그러지 않아도 될 것 같았다. 카린 후작이라는 안면을 트고 있는 인사가 옆에 있는데 굳이 아쉬운 소리를 할 필요가 없어진 것이다.

'거기다 이미 내가 여기 있다는 것이 알려졌으니 거리낄 이유도 없지.'

이안은 상황이 상황이다 보니 거침없이 밀고 나가기로 결정했다. 대놓고 행보를 옮기는 것이 오히려 로크 제국의 수뇌부의 행동을 막을 수 있을 거라고 본 것이었다.

"또 제 욕을 하고 계시는 겁니까? 크크크!"

넉살좋은 미소를 지으며 들어서는 젊은 청년이 이안의 앞으로 다가왔다. 넉넉한 팔라멘툼을 입었음에도 날렵한 체형과 잘 갈아놓은 검 같은 예기가 느껴지는 것이 나이에 비해서는 대단한 인재라 할 만한 사람이었다.

'적어도 상급의 익스퍼트로군.'

이안이 보기에 나이는 이제 20대 초반에 불과했다. 그 나이 때에 상급의 익스퍼트라면 천재라고 불려도 무방할 정도의 인재였다. 물론 자신과 같이 마계에서 수련을 하는 것은 일종의 반칙이라고 볼 때 하는 소리이기는 했다.

"안녕하십니까, 맥클레이 폰 페드로이아 남작입니다."

"반갑습니다, 이안 레이너 자작입니다."

제국의 남작은 왕국의 자작과 동급이기에 급수는 같았다. 하지만 이후로 이안은 곧 백작으로 올라가야 할 처지였다. 그에 반해 후작가를 계승하지 못하면 방계가 되어 작은 영지 하나 물려받고 하급 귀족으로 살아가야 할 맥클레이의 처지는 꽤 많이 다른 상황이었다.

"오다 들으니 스승님과 아시는 분 같은데 맞습니까?"

"후후! 락토르 왕국에 오셨을 때 한 번 뵈었습니다."

"그런데 성함이 상당히 낯이 익군요. 락토르의 귀족분 같은데… 전에 뵌 적이 있던가요?"

"처음 보는 거 맞습니다."

"이상하네……."

"쯧쯧! 저런 정신머리 없는 놈 하고는. 이놈아! 내가 몇 번을 이야기했었냐. 락토르에 너하고는 비교도 안 되는 천재가 있다고."

"아하! 그 이안 레이너 자작이셨군요. 하하! 스승님이 그냥 나 열 받으라고 하는 소리인 줄로만 알았는데 실제로 뵙게 되니 정말 반갑습니다. 하하하하!"

카린 후작이 말하자 그제야 이안의 이름이 스승이 몇 번에 걸쳐서 이야기했던 그 인물임을 깨닫고 두 손을 힘주어 흔들었다.

"후후! 고맙군요. 이렇게 환대를 해주니."

이안은 굳은 악수를 나누며 맥클레이라는 이 눈앞의 젊은 귀족이 어떤 사람인지 대강 파악할 수 있었다.

'자유분방한 사고방식을 가지고 있다. 귀족치고는 상당히 허례허식을 따지지도 않고.'

무엇보다 이안의 마음에 든 것은 천재라고 불리는 자들이 가지고 있는 호승심 같은 것이 느껴지지 않는다는 거였다. 수재 이상의 존재들은 어릴 적부터 자신이 다른 사람들과는 다른 무언가를 가지고 있다는 자만심을 갖기 마련이었다. 무엇을 하든 남들보다 뛰어나니 그런 생각을 갖는 것은 어찌 보면 당연하다고 할 수 있었다. 그런데 맥클레이라는 이 젊은 귀족은 그런 것이 없었다.

"그런데 레이너 자작께서는 이 먼 로크 제국까지는 어인 일로 오신 겁니까? 스승님을 보러 오신 것은 아닐 테고 말입니다."

"식량을 구하러 왔는데 아시다시피 곡물이 씨가 말랐다고 하더군요. 그래서 페드로이아 후작가에 직접 이야기를 할까 해서 찾아왔습니다."

"아하! 그런 이유로 오셨군요. 괜한 자존심 싸움 때문에 여러 사람에게 못할 짓을 하고 있습니다. 하하!"

귀족은 자존심이라는 것에 목숨을 거는 족속이다. 사소한 일로 명예를 운운하며 결투를 청하기를 즐겨하는 이들이기에 이런 식의 발언을 하는 것을 보면 그 성격을 파악할 수 있었다.

"저 그런데 지금 식량을 구하는 것은 어려울 겁니다. 부친께서 워낙 완고하신지라……."

"파울로 상단주에게 들으니 용병을 구하신다구요?"

"그건… 흠! 맞습니다. 그런데 그 이야기는 왜 하시는지 모르겠군요. 자작님께서 용병을 하실 것은 아니지 싶은데 말입니다."

용병은 천한 무리라고 생각하는 것이 귀족들의 일반적인

생각이었다. 귀족이, 그것도 기사라 칭해지는 이들이 천한 용병의 일을 한다는 것은 상상도 하기 어려운 상황인 것이다.

"내 품에 찾아든 사람들을 먹여 살리는 일입니다. 그 어떤 짓이라도 해서 그들을 먹여 살려야 한다고 생각합니다. 그게 귀족이 해야 할 의무가 아니겠습니까?"

이안의 말에 옆에서 지켜보던 카린 후작의 고개가 천천히 끄덕여졌다. 귀족의 품위와 명예를 지키기 보다는 백성을 위해 살아야 한다는 가장 근원적인 귀족적 가치를 이야기하는 것이니 그에 동의한다는 뜻이었다.

"흐음… 그런 생각이시라면 제가 아버지께 말씀을 드려 보겠습니다. 하지만 결코 쉽게 생각해서는 안 될 겁니다."

"허허! 이 어리석은 제자 녀석아! 레이너 자작은 나도 이제 실력을 가늠하지 못하는 사람이다. 에잉! 쯧쯧!"

혀를 차며 제자를 타박하는 카린 후작의 말에 맥클레이는 깜짝 놀랐다. 자신의 스승이 어떤 사람이던가, 제국에서 다섯 손가락 안에 꼽히는 실력자로 마스터의 반열에 오른 사람이었다. 그런 그가 실력이 가늠되지 않는다는 말을 할 정도라면 이안 역시 마스터라는 뜻이어야 했다.

"서, 설마……."

"맞다! 레이너 자작은 마스터다."

"헉… 정말입니까?"

맥클레이는 놀란 눈으로 이안을 바라보며 물었다. 그 물음에 이안은 희미한 미소를 머금은 채 고개를 끄덕였다.

"우와! 정말 대단하신 분이로군요. 나와 비슷한 나이로 보이는데 마스터시라니."

"운이 좋았습니다. 후후!"

"에이! 마스터가 운 가지고 되면 전 벌써 그랜드마스터는 됐어야 맞습니다. 안 그렇습니까, 스승님?"

"흐흐흐! 그건 맞는 말이다. 운이라면 너를 따라갈 녀석이 없을 테니까 말이야."

카린 후작도 제자인 맥클레이가 운은 타고난 놈이라고 생각하여 장단을 맞춰주었다. 두 사제 간의 죽이 맞는 대화를 들으며 이안은 그저 미소만 지었다.

로크 제국에 또 한 명의 지인을 갖게 된 이안은 페드로이아 후작가로부터의 의뢰를 받아들였다. 쥬베인 후작가와의 전면전이 벌어지면 그때 적들의 기간트 부대를 카린 후작과 함께 맡아달라는 의뢰였다.

'기간트를 부수는 일을 맨몸으로 하게 될 줄이야… 크큭! 이것도 또 하나의 도전이 되겠군.'

기간트를 기간트가 아닌 인간의 몸으로 부수는 자들을 디스트로이어라고 부른다. 마스터급에 오른 기사이거나 마도

사급의 실력자라면 능히 할 수 있는 일이기에 일단 디스트로이어의 자격을 갖추었다고 할 수 있었다.

—심심한가 보구만.

마법으로 증폭된 음성이 들려왔다. 카린 후작은 자신의 기간트인 슈바르츠발트를 타고 최선두에 버티고 서 있었는데 주위의 라이더들은 모두 그의 제자들로 이루어져 있었다.

'제국의 후작가가 가질 수 있는 기간트의 수는 10대가 넘지 않는다고 들었는데… 알게 모르게 가지고 있는 수가 제법 되는구나.'

이안이 본 페드로이아 후작가의 기간트는 모두 15대였다. 물론 후작가가 전부 다 가지고 있는 기간트는 아니겠지만 주위에 협력을 구하여 동원한다면 더한 숫자도 구할 수 있다는 뜻이었다.

"언제 싸우게 되는 겁니까?"

양측이 늘어선 평원은 정적이 흐르고 있었다. 아직까지 그 어떤 군사적인 움직임도 보이지 않았고 중재를 위해 온 중앙의 귀족들과 양측의 가주들이 이야기를 나누는 중이었다.

—나도 모르겠네. 번스타인 공작께서 나섰으니 싸움이 일어나지 않을 수도 있지.

싸움이 여기서 끝맺음이 된다면 애써서 용병으로 나선 의미가 사라지는 셈이었다. 이안이 식량을 구해서 돌아가려면 반드시 싸워야 한다는 뜻이었지만 자신의 이익을 위해서 서로 피를 흘리라고 할 수도 없는 노릇이었다.

─쯧쯧! 삿대질을 하는 것을 보면 안 싸우고는 못 배길 모양이로구면. 에잉!

카린 후작은 제자인 맥클레이를 위해서 전쟁에 끼어든 케이스였다. 그는 마스터에 오르면서 백작이 되었고 기간트 라이딩으로 마스터에 오르자 후작이 된 사람이었다. 전형적인 귀족이 아닌 자신의 실력으로 작위를 얻은 사람이기에 귀족적인 마인드와는 거리가 먼 인물이기도 했다.

'드디어 싸우는 것인가?'

서로 삿대질을 하며 욕설을 퍼부은 끝에 가운데서 만났던 사람들이 양측으로 찢어졌다. 중재를 한 번스타인 공작은 중앙에서 우측으로 물러나며 서로가 싸우는 것을 지켜보겠다는 듯이 행동했다.

"병사들을 물려라! 전쟁은 기사대전으로 끝내기로 합의했다!"

군진으로 돌아오며 페드로이아 후작이 외치는 말에 이안은 의외라는 얼굴로 카린 후작의 슈바르츠발트를 쳐다보았다.

─크크크! 두 후작이 그대로 멍청하지는 않은가 보구만. 기사대전이라니 말이야.

기사대전은 말 그대로 대전사를 내보내 그들의 승부로 결정짓는 방식을 의미했다. 지금처럼 기간트가 판을 치는 싸움에서라면 기사대전 안에 기간트끼리의 싸움도 들어갈 수도 있었다.

　"후작 각하! 대전사 결투를 하시다니요! 승부의 추는 이미 아군에게 있습니다. 그냥 밀어붙여도 되실 것인데 말입니다."

　"맞습니다. 당장에라도 진군 명령을 내려주십시오. 쥬베인 후작가를 쓸어내 버려야 합니다!"

　후작가의 가신들은 싸워야 한다고 목소리를 높여서 떠들어댔다. 그러나 후작의 얼굴은 그런 목소리가 높아질수록 벌레 씹은 표정이 되어갔다.

　"그만 하라! 나라고 왜 그런 것을 모르겠는가 말이야! 번스타인 공작께서 싸움을 계속하면 싸우겠다고 주장하는 쪽부터 밀어버리겠다고 하는데 내가 어떻게 해야겠나!"

　"그, 그건……."

　"하아… 죄송합니다. 각하!"

　가신들은 가주인 그의 역정에 일제히 입을 다물었다. 번스타인 공작가가 작정하고 달려든다면 후작가가 아무리 대단한 힘을 지니고 있어도 막아낼 수 없다는 것은 그들도 잘 알고 있었다.

"아버지!"

"왜 그러느냐."

"대전사 결투라면 어떤 방식으로 하실 생각이십니까?"

맥클레이의 물음에 페드로이아 후작은 번스타인 공작이 중재안으로 내어놓은 대전사 결투 방식을 설명했다.

"기간트 3대씩 나서고 기사 결투는 5명이 나선다. 승패는 말 그대로 많이 이기는 쪽이 승리하는 것이고."

후작의 말에 이안은 짝수로 끝나는 것은 문제가 있다고 생각했다. 적들이 알고 있는 이쪽 진영의 최강의 패는 기간트 라이더로 나설 카린 후작이었다. 그가 나서는 기간트 대전은 무조건 이쪽의 승리로 끝날 것이 분명했다. 하지만 번스타인 공작은 기사들의 수를 5명으로 하여 기간트전을 포기해도 이길 수 있는 방안을 내세운 것이다.

'야료가 있었군. 번스타인 공작가 쥬베인 후작의 편을 드는 것인가?'

그게 아니라면 절대 있을 수 없는 숫자로 이루어진 대전사 결투가 진행되는 셈이었다.

"후작 각하!"

이안이 손을 들고 페드로이아 후작을 불렀다.

"오! 레이너 자작이 할 말이 있는 겐가?"

"대전사 결투 방식에서 기간트가 아닌 기사대전은 승자가 계속해서 싸우는 방식으로 바꿔주십시오. 가능하겠습니까?"

"응? 그, 그건……."

페드로이아 후작도 카린 후작으로부터 이안이 마스터라는 소리를 들었다. 하여 기사대전에서 최소한 1승을 챙길 수 있다는 판단으로 아무 말도 안하고 번스타인 공작가의 중재를 받아들인 거였다. 한데 이안이 승자가 계속해서 싸우는 연승식을 주장하자 뭔가 머리를 스치고 지나가는 것이 있었다.

"알겠네. 내 그렇게 바꾸도록 하지."

"후후! 부탁을 들어주셔서 감사합니다."

"아닐세. 내 자작의 도움을 절대 잊지 않을 것이니 이번 대전사 결투를 잘 부탁하네."

"맡겨주십시오."

이안은 가볍게 맡겨달라는 이야기를 한 후 카린 후작의 기간트 쪽으로 시선을 돌렸다.

─역시 레이너 자작이야. 혼자서 다 쓸어버릴 생각을 하다니 말이야. 크크크크!

카린 후작은 이안의 생각을 읽었는지 슈바르츠발트의 강철 손을 들어 올려 엄지손가락을 추켜들었다.

'역시나로군.'

기간트 대전은 카린 후작이 나서지 않았음에도 너무도 당연하다는 듯이 세 판을 모두 이겼다. 상대편에서 어느 정도 우열이 갈라지는 것처럼 보이면 그대로 기권을 했기 때문이었다.

"에잉! 모처럼 손맛 좀 보나 했더니만… 쯧쯧!"

카린 후작은 슈바르츠발트에서 내려 이안의 옆에서 구시렁거렸다. 이미 기간트 대전은 그의 제자들에 의해서 완승으로 결정되었고 남은 것은 기사들의 대전뿐이었다.

"한 가지 궁금한 것이 있는데 여쭤 봐도 되겠습니까?"

"응? 뭔가, 궁금하다는 것이."

"왜 공작가가 쥬베인 후작가의 편을 드는 것처럼 보이는가 하는 겁니다."

"아… 그건… 에휴……."

카린 후작은 말을 하려다 말고 길게 한숨부터 내쉬었다. 표정을 보니 짜증이 많이 난다는 인상이 역력했다.

'이곳에서도 정치판의 세력다툼인가?'

이안의 예상대로 카린 후작이 하는 말들은 로크 제국의 정치판과 세력구도와 관련되어 있는 사안이었다.

"로크 제국의 후계구도에 대해서 알고 있는가?"

"저는 잘 모르지요. 락토르 왕국의 군인이 타국의 정치판에 대해서 알 이유는 없지 않겠습니까."

"그거야 그렇기는 하네만… 뭐 대강 이야기함세."

"경청하겠습니다."

"지금 로크 제국의 황제 폐하에게는 8명의 황자들이 있다네. 황위 계승 서열에서 벗어난 후궁 소생들은 제외한 황자들이지."

"아… 그렇군요."

황제는 3명의 정비를 둘 수 있었다. 그들에게서 나온 소생들이 황위를 계승할 권리를 가지고 있었고 그 외에 후궁들에게서 나온 소생들은 계승권을 가지고는 있된 정비 소생이 없을 경우에 황제가 될 수 있었다.

"로크 제국은 태생적으로 5개의 나라가 합쳐져서 만들어졌네. 덕분에 그때 공작가가 된 5대 공작가가 동서남북과 중앙을 차지하고 지역적인 권력집단을 형성하고 있지. 그들이 미는 황자들이 다 다르다네."

"설마 5명의 황자들이 서로 황제가 되기 위해서 이전투구를 벌이고 있다는 뜻입니까?"

"흐흐! 그런 셈이지."

두 명이 다투는 것도 무척이나 많은 국력을 소모하는 싸움이 일어날 것이었다. 그런데 무려 5대 공작가가 따로이 황제를 만들기 위해서 다투고 있다고 하니 나라꼴이 어떨지는 안 봐도 알 수 있을 것 같았다.

"번스타인 공작이 나오는구만."

카린 후작의 말에 이안이 고개를 돌리자 황금사자가 각인되어 있는 인상적인 갑옷을 걸친 중년인이 기사들의 호위를 받으며 나왔다.

기간트 대전이 끝나고 기사대전이 이루어지는 타이밍에 나온 것을 보면 그가 직접 주관하려는 듯이 보였다.

"기사대전은 내가 직접 주관하도록 하겠다. 양측은 이의가 있으면 지금 제기하라!"

번스타인 공작이 중앙에서 외침을 토하자 쥬베인 후작가는 고개를 저었다. 이의가 없다는 뜻이었기에 공작은 마지막으로 페드로이아 후작에게 시선을 틀었다.

"기사대전의 방식을 승자가 계속해서 싸우는 연승식으로 바꾸기를 청합니다."

페드로이아 후작의 말에 번스타인 공작의 짙은 눈썹이 꿈틀거렸다. 그리고 쥬베인 후작의 얼굴에도 미미한 변화가 감지되었다. 둘이 꾸며놓은 무언가가 있다는 것을 반증하는 것이리라.

'마나를 모으면……'

이안은 귀로 마나를 모았다. 쥬베인 후작가의 참모 중에 하나가 후작의 귀에 대고 뭔가를 수군거리는 것을 알고 싶었던 것이다.

'훗… 그런 수작을 부리고 있었던 건가? 웃기지도 않는 놈

들이로구만.'

이안은 쥬베인 후작과 그 참모가 하는 말을 들으며 실소가 흘러나왔다. 로크 제국의 법을 이용하여 쥬베인 후작가는 페드로이아 후작가를 허수아비로 만들 작전을 완벽하게 준비한 것이었다.

"좋습니다. 우리 쥬베인 가도 동의합니다."

쥬베인 후작은 참모와 한참을 쑥떡거리더니 동의한다고 나섰다.

그의 선언이 끝나자 번스타인 공작은 고개를 한차례 끄덕인 후 쥬베인 후작과 뭔가 의미심장한 눈빛을 주고받았다.

"기사대전을 시작한다. 양측을 대표하는 기사는 중앙으로 나오라!"

양측의 군사들이 두 눈을 부릅뜨고 대전사 결투에 나서는 기사들이 나오기를 기다렸다.

"스승님, 첫 번째로 나서시겠습니까?"

맥클레이 남작이 카린 후작에게 다가와 물었다. 카린 후작은 기간트 마스터이면서 검으로도 소드마스터의 반열에 오른 검사로 나서기에 충분한 자격을 갖추고 있었다. 게다가 기간트 대전에는 나서지도 않았으니 힘도 충분히 비축하고 있는 셈이었다.

"그렇게 하마."

카린 후작은 안 그래도 손이 근질거리던 참이라 기사전에 나설 뜻을 밝혔다. 그리고 벨트에 채워져 있는 롱소드를 만지작거린 후 앞으로 나섰다.

"오오! 카린 후작이시다!"

"정말? 마스터께서 나서셨다! 와아!"

페드로이아 후작 측에서는 마스터인 카린 후작이 나서자 환호성을 울리며 카린 후작의 이름을 연호했다. 그들의 연호 속에 카린 후작은 느릿하게 걸음을 옮겨 중앙에 우뚝 섰다.

"카린 후작이다! 누가 상대를 하겠는가!"

카린 후작이 롱소드를 뽑아든 채 외치자 상대측에서도 한 사람이 걸어 나왔다.

"오랜만입니다, 카린 후작 각하!"

"응! 자네는……."

"하하! 여기서 뵙게 될 줄은 몰랐군요. 아마란차 백작입니다."

"끄응……."

벌레 씹은 표정이 되어버리는 카린 후작의 얼굴과는 달리 아마란차 백작이라고 자신의 이름을 밝힌 이의 표정은 능글거리며 웃고 있었다.

"제국법에 의거하여 제국 소속의 마스터 간 대결은 그 어떠한 경우에도 이루어져서는 안 된다. 하여 나 번스타인 공작의 이름으로 이번 대전사 결투는 무효로 선언하며 두 사람은 다시는 대전사 결투에 나설 수 없다."

"우우!"

"싸워라! 싸워라!"

병사들은 마스터간의 싸움을 볼 수 있으리라는 희망을 무참히 깨버리는 번스타인 공작의 선언에 야유를 퍼부었다. 그러나 이미 선언을 내린 번스타인 공작은 양측에 손짓을 하며 물러나도록 지시했다.

"개자식들… 이런 편법을 쓸 줄이야."

"적진에 마스터가 없는 것은 아닐 텐데 이런 방법을 쓸 거라고 예상했을 거 아닙니까?"

"쥬베인 후작가에는 마스터가 없네. 이전까지 그 어떤 마스터도 쥬베인 후작을 돕겠다고 선언한 이가 없었어."

"그럼……."

"맞네. 번스타인 공작이 데리고 온 게지. 그것도 얼마전에 마스터에 오른 아마란차 백작을 내 상대로 내보내는 것으로 이쪽 전력을 묶어둘 셈이었겠지."

뒤늦게 번스타인 공작과 쥬베인 후작이 노린 노림수가 무엇인지 안 카린 후작은 분통을 터뜨렸다.

어차피 이번 영지전에서 승리한다고 해도 쥬베인 후작가에게 얻어낼 것은 약간의 보상과 사과 외에는 없는 실정이었다. 그럼에도 싸운 것은 귀족의 명예를 지키기 위함이었는데 이런 수로 적들이 야료를 부리는 것에 터져 나오는 분통이었다.

휘릭! 차착!

멋들어진 몸놀림을 선보이며 중앙으로 나서는 쥬베인 후작 측의 기사가 장중한 기도를 내보이며 말했다.

"나는 마스터이자 황제 폐하의 충성스러운 기사인 슬로터 백작이다! 누가 나의 검을 받아내겠느냐!"

검이라고 하기에는 너무도 흉악스런 형상을 지닌 워소드를 들고 있는 슬로터 백작이 오러를 줄기줄기 뿜어내며 위력 시위를 펼쳤다.

"큭… 3황자 측에서도 나섰는가……."

카린 후작이 탄식하듯이 하는 말에 이안은 그에게로 시선을 돌렸다.

"다른 공작들도 연합을 한 거라 뜻입니까?"

"그게 아니면 3황자의 검술 스승인 슬로터 백작이 나설 이유가 없네."

"후후! 재미있군요. 3황자의 검술 스승이라니."

이안은 페드로이아 후작가에는 더 이상의 마스터가 없음

을 알고 있었다. 나선다면 페드로이아 후작 본인이 나서야 하는데 그가 나서기에는 자칫 위험이 너무 컸다.

"제가 나서야겠군요."

"응? 자네가 말인가? 저자는 마스터 중급에 오른 검호일세. 자네의 목숨을 잃을 수도 있어!"

카린 후작은 젊은 영웅인 이안을 진심으로 걱정했다. 타국의 귀족이자 군인이지만 어린 그가 커가는 모습을 흐뭇하게 바라보는 재미를 느끼는 중이었다.

그런 그가 다치거나 죽는다면 그것도 못할 짓이라는 생각으로 만류하는 것이었다.

"후후! 걱정하지 마십시오. 전 검사가 아니라 마검사입니다. 그 어떤 경우에도 제 한 목숨은 지킬 수 있습니다."

"아… 그, 그랬지!"

마검사라는 것은 엄청난 위력을 지닌 이름이었다. 동급의 검술을 지니고 있을 때는 한 단계 더 위로 쳐주는 것이 관례이고 보면 마스터 초급을 넘어선 이안이라면 슬로터 백작에게 질 거라는 생각은 자신의 기우에 불과할 것이었다.

"믿겠네. 꼭 이겨주게나."

"후후! 염려 마십시오."

이안은 그렇게 말한 후 심각하게 고민하고 있는 페드로이아 후작에게로 나아갔다.

"제가 나가겠습니다. 후작 각하!"

"응? 자네가 나서겠다는 건가?"

후작은 이안이 나서겠다는 말에 다른 대안이 없다는 것을 깨달았다.

자신이 나설 생각까지 했을 정도로 코너에 몰린 상황이 아니었던가. 그리고 연승식으로 바꾸자고 한 것도 이안이고 보면 그에게 뭔가 대안이 있을 거라고 믿는 수밖에 없었다.

"꼭 이겨주게. 이번 싸움만 이겨낸다면… 내 자네의 부탁은 무슨 수를 써서라도 들어주도록 하겠네."

"후후! 그 말씀 기억하겠습니다. 그럼!"

이안은 말을 마치고 곧장 슬로터 백작이 그러했던 것처럼 멋들어진 몸놀림을 선보이며 전장의 중앙으로 나섰다.

휘릭! 휘이익! 차착!

슬로터 백작보다 한 번 더 공중제비를 그리며 유려하게 착지한 이안이 마나를 실어 우렁찬 외침을 토했다.

"나는 친우인 페드로이아 후작가를 위해 검을 든 락토르 왕국의 마스터 이안 레이너 자작이다! 내가 그대의 검을 받겠다!"

이안의 선언에 전장은 쥐 죽은 듯이 조용해졌다. 이웃 왕국인 락토르의 마스터가 등장한 것이었다.

그 말은 제국법으로 규정한 제국소속의 마스터간의 대결
을 금한다는 것은 아무런 상관이 없는 일이 되어버린 것이다.

"우와아아아!"

"마스터의 대결이다!"

"싸워라! 싸워라!"

병사들은 마스터 간의 대결이 이루어진다는 것에 환호성
을 울리며 병장기를 부딪혀가며 응원했다.

"백작님……."

"그만! 후작님께 그대로 싸우겠다고 전하도록!"

"예? 예… 알겠습니다."

슬로터 백작에게 급하게 달려왔던 기사는 말도 꺼내지 못
하고 뒤로 물러나야 했다. 자신이 질 거라는 생각은 하지도
못하는 듯이 슬로터 백작의 눈은 강한 호승심으로 불타오르
고 있었다.

'훗! 마스터? 까짓것 베어주마!'

이안은 슬로터 백작의 검술이 얼마나 대단할지 모르지만
적어도 이기는 것은 자신일 거라는 확신이 있었다. 그 확신
을 사실로 확인시켜 주는 것이 지금 자신이 해야 할 일이었
다.

"오라!"

"후후! 그럼 후배가 먼저 가도록 하죠."

이안은 미스릴로 도금되어 있는 자신의 애검을 뽑아들고 푸르디푸른 오러를 일으켰다. 그리고 거만하게 손가락을 까닥거리고 있는 로크 제국의 마스터, 슬로터 백작에게로 쇄도해 들어갔다.

『이안 레이너』 5권에 계속…

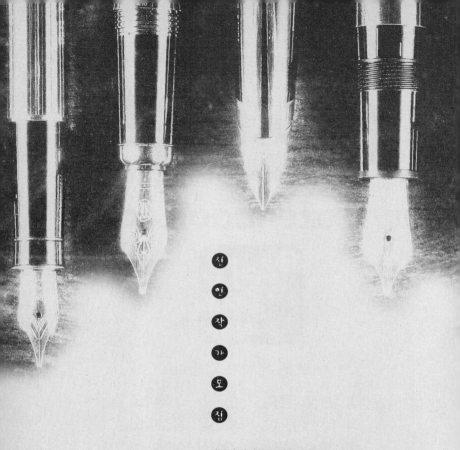

시작이 반이라고 했습니다.
작가의 길에 대한 보이지 않는 벽을 과감히 깨뜨리십시오!
청어람은 작가 지망생 여러분들의
멋진 방향타가 되어드리겠습니다.

저희 도서출판 청어람에서는
소설 신인 작가분들을 모집합니다.
판타지와 무협을 사랑하시는 분들의 많은 참여를 바랍니다.
소정의 원고(A4용지 150매)를 메일이나 우편으로 보내주시면
검토 후 출판 여부를 알려드리겠습니다.

주소:경기도 부천시 원미구 심곡2동 163-2 서경B/D 2F 우편번호 420-822
TEL:032-656-4452 · **FAX**:032-656-4453
http://www.chungeoram.com
e-mail:chungeoram@chungeoram.com

FUSION FANTASTIC STORY
건(建) 장편 소설

컨트롤러
Controller

세상에게 당한 슬픔,
약자를 위해 정의가 되리라!

『컨트롤러』

부모님의 억울한 죽음.
더러운 세상에 희롱당해
무참히 희생당한 고통에 분노한다!

"독하게… 살아가리라!"

우연한 기회를 통해 받은 다른 차원의 힘.
억울함에 사무친 현성의 새로운 무기가 된다.

냉정한 이 세상을 한탄하며,
힘조차 없는 약자를 대변하고자
내가 새로운 정의로 나서겠다!

Book Publishing CHUNGEORAM